亦

舒

作

品

U0650714

亦舒
作品
18

亦舒 著

黑、白、许多灰

湖南文艺出版社
HUNAN LITERATURE AND ART PUBLISHING HOUSE

博集天卷
CS-BOOKY

目录

黑、白、许多灰

三 _085

对她来说，
世上只得两个颜色，白与黑，
只有两种人，好与坏。

四 _137

原来生命就是失去，
逐一逐一我们失去最珍贵的一切。

五 _189

他要来见你，可见已经忘记你，
假如心中仍有萦念，他不敢见你。

一

今日才知，事情不单黑与白那般简单。

纽门与纽扣两兄弟并非孪生。

但是两人长得再像没有，十岁之前像镜子映像，家长、老师分不出来，母亲在其中一名小足趾上涂上银色指甲油做记号，教师把他们分两班上课。

这两个孩子，打单已经够顽皮，若在一起，淘气十倍，带大他们，实在不易，不过，生活中添笑添闹，毫不枯燥。

在课室里，顽童惯技当然是招惹小女同学：扭她们手臂，拧面颊，扯头发，拉裙子，推下滑梯，绊她们一跤，抢书包……叫大人头痛。

终于一日，七八岁两兄弟爬山不小心摔下坡，两人都扭伤脚筋，打石膏用拐杖，叫大家才松一口气，在课室与家里足足静了大半年。

那段日子，不友爱也得和解，互助着洗澡，不过也有话说："我发育得比你好。""才怪。""比一比。"……

用拐杖走路也淘气，自街角捡回一只黑墨墨肮脏流浪狗，一定要收养，邻居女孩一看，吓得要哭，纽门与纽扣更加得意。

他们的母亲不答允："狗若留下，妈妈即走。"

纽爸劝说："这样决绝也不妥，慢慢劝。"

"是，洗完那两堆衣服，还要做饭，傍晚胡师母叫我到教会做些工作，你有空，你来劝。"

黑狗被养在后园，两兄弟每天喂食，用水喉洗刷，等他俩拆掉石膏之际，黑狗已经恢复元气，原来是只拉布拉多寻回犬，站着有半个人高。

一日，邻居两夫妇带着他们小女儿过来敲门。

纽妈打开门，人家还挺客气："是纽太太吧，我们姓苏，这是我家女儿宝因，请纽太太你评评理。"

那小女孩还穿着校服，双眼通红，身上全是一搭搭泥块，连头发上都有烂泥。

纽太太一看。"可是摔倒?"

"不，你家双生子纽门与纽扣用弹皮弓包着泥块射宝因，扬言'我知道你住在何处',问宝因要功课抄写,如不,则放狗咬她。纽太太,你说,我们苏家应该怎么办?"

纽妈一听,气得瑟瑟发抖,脸面煞白。

她微微一鞠躬。"苏先生与夫人,这事交给我,我当叫他们过来道歉,并保证永不再犯,你们宽宏大量,我永志不忘。"

"宝因为着奔避,在马路上摔跤,擦损膝盖流血,还险些撞车,本应报警处理,但又不想把事闹大。纽太太,你们好自为之,那两兄弟,在学校里,像周处般惹人厌恶。"

"明白,明白。"

苏氏一家三口离去。

纽妈关上门,提气,大喝:"纽门纽扣,给我出来!"

两个顽劣儿自楼梯扶手滑下,站母亲面前。

"不管什么事,是纽门,不是我。"

"我才是纽门,你说什么。"

纽妈尖叫起来,泪流满面,两兄弟才知道事态严重。

接着,第一步是否认;第二步是兄赖弟,弟怪兄,既生瑜,何生亮;第三是怨苏宝因小题大做,动辄哭诉。

纽妈拉开大门。"出去向苏家道歉。""不。""那就不用回来吃牛肉炒面，你俩离开这个家吧。"

谁知纽门与纽扣对望一眼，头也不回，踏出家门。

一直到纽爸下班，两兄弟影踪全无。

纽爸说："你也是，动辄撵出家是不对的。"

"他们那样能干，他们不需要母亲。"

纽爸不去理她，自顾自休息。

夜深，纽妈坐后园流泪，黑狗悄悄走近，依偎脚边，见不赶，轻轻依偎。

纽妈伸出手，这狗在纽家也有三五年了，见主人伸手，便默默舔一下。

纽妈头一次揉它颈项，它回呜呜声表示感激。

凌晨一时左右，纽门与纽扣才回家，由纽爸开门让他们进屋。

第二天，他俩不声不响一早上课，丢下一大堆脏衣服。

有人敲门，纽妈一看是隔壁苏家，无地自容。

苏太太却说："两兄弟昨晚九时来道歉，保证不会再犯，还送上花束。纽太太，睦邻重要是不是，你得小心看住这对男孩。"

总算有的救。

但也结结棍棍[1]伤了母亲的心。

纽氏昆仲的功课一直不上进。

纽爸说："所有功课都要死背，他俩不喜欢读死书。"

时光飞逝，他俩升上高中，考足两年，才取到中学毕业证书。

邻家苏宝因已经读到大学二年，穿着大学标志外套，好不神气，纽太黯然。

纽爸豁达："跟我做蓝领，赚得更多。"

纽爸经营一家小小二手车行，兼做修理，生意不错。

但人总是没什么想什么，纽妈并不嫌丈夫一身汽油味，却希望儿子做白领穿西服。

纽氏夫妇是蓝领世家，纽妈的兄弟做建筑工人，长袖善舞，不久带一班手足把旧屋拆掉重建，高价出让给东南亚移民，极会赚钱，又把利钿买入整幢公寓大厦出租，单是地皮已贵不可言。

这时她说："不如跟舅舅学做生意。"

纽爸跳起，脸上变色。"我死了才让他俩跟王钻这等奸商

---

[1] 结结棍棍：指为人厉害，有本事，或表示程度很深。——编者注（本书脚注均为编者注。）

学艺。"

纽妈不悦。"大家是亲戚。"

"字典若有'欺压良民贪图暴利奸商'一词,把王钻的照片贴上,也就百分百明确。"

纽妈赌气不出声。

"顺理成章跟我到车行工作,还正难请伙计。"

纽妈心想,可是那双手就永远洗不干净了,当然,男子汉大丈夫一双手不用来绣花,能够养活一家才最重要,斯文也有败类。

"晚上报名读机械修理,考到执照,全国通行。"

一直以来,一到假期,两兄弟便到车行帮工,说也奇怪,师傅一点即明,举一反三,水到渠成,脑与手都敏捷,二人配合,尤其见功。

但正如纽妈担心,一双手老是脏脏的,指节粗糙,手心手背永远有擦损痕迹,会有女孩来握这样一双手否?

毕业后正式往车行工作。

一日,隔邻苏先生小房车开不动。

纽门先听见那旧车轧轧声不断喘息像久咳老人,他看一看纽扣,两人提着工具箱出去,招呼一下,便着苏先生打开车头检查，用手拨几下，引擎再次发动。

纽门给他一张名片。"到车行换电池，半价。"

苏先生道谢。

事后他对妻子说："以为没救，却又脱胎换骨，不再捣蛋。"

"长得一表人才，浓眉大眼，一般高大，并排站着，煞是好看。"

"纽太太算是熬出头了。"

那边纽氏兄弟也有话说："那样二十年旧车还在街上跑，累人累己。"

"听说他们家宝因读书费用惊人，是以两老生活克俭。"

"好意思，把家里读穷，叫父母牺牲。"

"毕了业收入也不高，还不如我们。"

"我们收入又不如铅管工人，他们才发财。"

说着，言不及义，讲到哪家酒馆的女侍应最漂亮，叫美的那个真正美，奇怪，高耸胸脯半球形，走起路起伏有致，百看不厌……当然，年轻男子都说这些，不然没有话题。

车行墙上挂着裸女日历，兄弟俩研究完毕，不禁赞叹："女体真是奇妙。"

"周师傅说带我们去看脱衣舞。"

这时，两兄弟性格差异显露，纽门说："爸妈不许。"纽扣说："咄，我俩已是有收入的成年人。"

纽门说："买门券看女子脱衣，仿佛有缺道德。"

但还是跟着周师傅去见识了。

舞台特殊灯光照得舞女通体粉红，并不难看，衣服逐件脱光，少年兄弟俩目瞪口呆。

老周示意舞女走近，要多看一点，舞女媚笑，做个手势，要讨小费。老周丢一张钞票到台上，舞女见大额钞票，立刻蹲下，毫不吝啬，展示她的天生本钱。

纽门接着三天都面红耳赤，一边脸麻辣。

老周轻轻在他们耳边说："还可享受贴身舞。"

这次连纽扣都吃不消，叫老周走开。

老周不忘提醒："网上什么都有的看。"

不久，纽妈发觉。"他俩在电脑看——"

纽爸答："不看那个，看什么？"

这倒是真话。

女孩子喜欢围在他俩身边转，纽门与纽扣约法三章。"男人也是人，不能把我们当狗，我们也有尊严。"有女子要跟他回家，他会煞风景道："要问过妈妈。"他俩仍住家中。

老周在纽爸面前，称赞兄弟俩"守身如玉"。

一日，老大告诉老二："苏宝因还住在隔壁。"

老二奇问："谁是苏美因？"

"叫宝因。"

"我只知道邻居是书虫女，见了我急急躲着走，从不招呼。"

"就是她。"

"身材像块滑浪板。"

两兄弟一起笑。

这样的好日子也会过去。

纽妈先是抱怨手臂肩膀酸痛，举不起来，以为是家务过劳，看过医生，嘱她多休息。

接着，开始咳嗽，脖子也痛不可当，胸口要掩住才能通气。

纽爸担心，噫，莫非是心脏病。

这次，找专科医生检查。

纽妈还一直咕哝："多花费，再擦些药油就好。"

医生检查过后脸色沉重，把纽太太推介给肺部专科，一家人都觉得不妥。

"怎么会是肺部？"

"肺叶神经牵连胸、肩、臂。"

照过扫描，坏消息公布，纽妈左肺上长拳大肿瘤。

本来风平浪静安分守己的一家四口如遇雷殛，四人一起被震倒地上，半晌站不起来，遍体鳞伤。

"怎么可能，一家无人吸烟。"

"肺癌患者百分之五十是女性，其中一半终生未曾吸烟。"

这是命运。

一岁之后未曾哭过的两兄弟泪流满面。

纽门走到一角掩脸。

医生轻轻说："尽快治疗。"

就这样，纽家为阴霾笼罩，纽妈开始漫长治疗。

纽爸把两子叫近："不准叫母亲生气及操劳，我们亲自服侍她。纽门，你负责烹饪，纽扣，你做清洁，每人一早一午当更八小时，我放工后做夜更，其余空当，仍回车行。"

"明白。"

纽妈像是一直没有接受事实，努力挣扎要做家务，但力不从心，往往气馁痛哭。纽门抱着她低声劝慰，扶她到门口晒太阳，看孩子们玩耍。

纽妈体重越来越轻，头发掉光，戴着帽子，一看便知是重病之人。隔壁苏太太说："真没想到父子三人那样深情，毫无怨言，一年过去，纽妈不见起色，唉。"

"猜不到两个男孩那般孝顺，纽门天天炖嫩蛋给母亲，病人有时痛苦气恼摔东西他也不动气，确是难得，淘气儿今日脱胎换骨。"

"连那只黑狗都垂头丧气，低头走路。"

"动物最灵敏。"

翌年春季，医生停止治疗，只开处方药物，着纽太太好好在家休养。

暮春，纽妈辞世，享年四十二岁。

一早，邻居苏先生听见有人大力急促敲门，他跑去一看，是个年轻男子，奇是奇在长得与纽家两个男孩一模一样，高大、英俊、粗犷。

那年轻人沉着声说："叫纽大雄出来！"

苏先生没好气："你弄错了，左边才是纽家。"

也不便责怪，此人分明是纽家亲戚，匆匆奔丧而来，急痛攻心，找错门牌。

他一听就后退。"对不起，对不起。"

然后跑到左边，对着门口大叫："纽大雄，纽大雄。"

大黑狗高吠。

苏太太张望。"唉，这家人真可怜。"

"嘘，别管闲事。"

纽扣开门，红着眼睛。"舅舅。"

他舅舅一把抱住他。"还有我呢，别怕。纽大雄，我姐卧病整年你居然不知会我，电话里支支吾吾，只推说没事，忽然她失救辞世，纽扣向我哭诉，我才得知噩耗。你这狗熊，是不是你害死她？"

扑过去抓住纽爸便是一拳。

可是纽氏只缓缓蹲下，一声不响，也不反抗。

纽门赶出拦住。"舅舅，住手。"

一边扶起父亲。

这时舅舅放声痛哭，轮到他坐倒在地。

四个大汉索性一起流泪，黑狗团团转，呜呜叫。

舅舅便是王钻，一个人叫这样名字，可见父母对他有点期望，做地产生意的他已经有三十多岁，可是长得年轻，骤眼看去，纽门纽扣像多一个大哥。

他气质不一样，多些霸气自信，语气果断，当下说："我且淋浴休息，纽门，给我一瓶冰冻啤酒。"

纽门即刻去办。

休息过后，王钻穿运动衣裤露着健硕肩腿，与姐夫商量事宜。

"姐有什么留言？"

"要说的早已说完，叫两兄弟在社会上做有用的人，趁早结婚成家，不要辜负女子。"

"剩下什么？"

"我没有本事让她过好日子，她没有私蓄。"

王钻叹气："我猜也是这样。"

他姐夫垂头不语。

"你打算怎样？"

"时候不早，我得回车行。"

他开门离去。

纽门在身后说："我们随后即到。"

王钻这样对两个外甥说："跟我走，做地产，坐写字台，穿西服。"

纽门看纽扣一眼。"父亲心绪不安，我俩想陪着他。"

"陪到几时？"

"他是父亲，要多久就多久。"

王钻留下名片。"随时联络我，记住，见舅如见娘。"

两兄弟鼻子红起来。

下午，他们送舅舅出门，王钻把一卷钞票塞给他俩，纽门还要推辞，纽扣已接过塞进胸袋。

他们在门口辞别。"邻埠，一小时渡船，若不开心，即时来找我。"

那边，邻居少女放学回来，看到纽家门外站着三名穿黑衣黑裤，高大健硕男子，身边一只大黑狗。她暗暗叫声糟糕，真可怕，像不知哪个堂口重要人物，煞气重重，避之则吉。

她躲在一棵树后，不叫他们看见。

只见三人拥抱一回，其中一个上车离去，剩下两名肩搭肩低头回转屋内。

少女觉得怪心酸。

这时，黑狗向她走近，没精打采摇摇尾巴。

少女书包里有吃剩的午餐肉，她取出喂黑狗。"振作些，别气馁。"

狗只比人更随遇而安，顺天应命，它吃过点心，也跟着进屋。

少女正是苏宝因，她这次自宿舍回来，是帮母亲收拾杂物搬家。

苏太太相当愉快。"这一头人口越来越杂，搬得走是好事。"

"我刚才见到他们兄弟俩。"

"走之前说声再见。"

不料苏先生提高声音："别多事。"

苏宝因答："放心，我才不想见那两个不良少年。"

苏太太想深一层，确是小心为上。

等到苏家旧屋拆卸重建，纽门才发觉芳邻早已搬走。

黑狗坐门口无奈低叫。

纽扣不出声，天明天灭，人来人往，本来就如此。

半年不到，他俩在车行已经做得头头是道，老伙计阿周赞不绝口。这时两兄弟的手，不折不扣变成粗糙的劳工手，他们的母亲看到，一定不悦。

一日，纽扣说："认老周做师傅真不是办法。"

纽门微笑，这周师傅，一直招惹他们，叫他俩陪着看艳舞。

"别去理他，我们做好自家的事。"

纽门闷时，也往一家叫哈哈的酒馆喝啤酒，他静静坐一角放松一会儿就走，女郎和他搭讪，他总说："我等女友。"

往酒馆次数渐多。

因为这时，有人介绍一个风韵犹存的中年女子给纽爸，她时时不经预约便走了来，在厨房做这做那，又帮纽爸整理家务，意图十分明白。

纽门见到她不自然，走到酒馆暂避。

真没想到父亲会接受这女子好意，每次她出现，帮他削水果，纽爸都好似很开心。

周师傅轻轻说："老纽一间屋子及一家车行，都叫人觊觎，两兄弟要小心，莫失掉家当。"

纽门与纽扣异口同声答："好仔不论爷田地。"

老周顿足。

渐渐就来了，车行添了两名伙计，说是女子亲戚，默默地把两兄弟工作接过。

纽爸仍无异议。

这么快便忘记发妻数十载恩情，另结新欢，纽门心中不是滋味。

但是，他们也希望父亲可以重拾人生，再展笑容。

两兄弟在哈哈酒馆对饮，不住吁气。

"我们渐成不受欢迎人物。"

"那是我们的家呵，那女人竟渐渐把我们挤走。"

"我们不会计较，我们已经成年，应离家独立生活，即使做水手，也是一门营生。"

"父亲已不需要我们。"

"老周说不应自动弃权。"

"我不会与女人争。"

"我也是。"

"那么，跟舅舅谋生吧。"

"同舅舅说，我俩独立主持一个部门，不管是什么，我们做主管，不听别人指令。"

"丧家之犬，还诸多条件。"

"对，那只黑狗，我们带着走。"

"舅舅会讨厌。"

"他若不高兴，我们自立门户。"

两兄弟击掌。

纽扣先走，纽门一人坐着，忽然有人走近与他招呼。

"知道我是谁吗？"甜美的声音。

纽门抬头，认出她是酒馆老板娘，她长得相当秀丽，好笑容，颊上有梨涡，不多说话，今日自动招呼，叫人意外。她年纪不小了，三十余岁，因没有故意做年轻装扮，看上去十分自然，平时当酒馆如办公室。她穿白衬衫黑西服，十分端庄，一次脱去外套搬酒箱，薄衬衫下隐隐露出胸衣印子，已惹得众伙计吹口哨，她大喝一声："什么?！"他们才偷笑低头工作。

这个老板娘性格特别。

当下她轻轻坐在纽门对面。"你到哈哈消闲也有大半年。"

纽门点头。

"我叫艾珊，这酒馆原本叫孔雀，属我姐所有，现在由我负责。"

纽门还是第一次正式社交，他礼貌点头。

伙计送上两瓶啤酒。

纽门已经喝够，不知怎的，艾珊的甜美容貌与声音，都叫他暖洋洋，一时不愿离去。

"想说说你的故事吗?"她鼓励他。

纽门忽然很想倾诉，他轻轻说："家母一年多前辞世，父亲另结新欢，我十分失落。"所有故事，三句话可以讲完。

"你应当为父亲高兴。"

"我们也这样想，不过，仍怕那女子骗他。"

艾珊微笑。"在被骗过程中，他如果也得到若干欢乐，那也就算公平交易。"

纽门笑："这是怪论。"

"世界就是这么奇怪啊。"

她呢，她又有什么样的故事？

这时，艾珊忽然伸出手，用食指在纽门面颊上有酒窝之处点一点。

她做得那样自然，一点也不像动手动脚，似大人对小孩表示亲近。

她站起，放下一张名片。"上边有我电话及地址，哈哈午夜打烊后我便回家吃消夜看书休息，我很少出去。"

她悄悄走开。

噫，那样大方明示，真是高手。

纽门把名片珍藏怀中。

回到家中，时间已经不早，但灯火通明，父亲、纽扣与那女子，坐在饭桌前等他。

纽扣冷冷地说："哥，坐稳，父亲有话要说。"

纽父脸红红笑得有点像小丑。"我们俩决定于下月结婚。"

那女子站纽父身后，双手搭他肩上，像一副枷锁，紧紧扣住，她有点夸张。"请祝福我们。"

纽门听见自己轻轻说："我们也有事通知——纽扣与我，已决定辞去车行工作与舅舅会合，我俩告辞。"

那女子一听，像天上掉下馅饼，喜心翻倒：运交华盖，天下竟有这样好事。她毫不掩饰，双眼眯起笑成一只狐狸那样。

兄弟俩同时离开饭桌回房休息。

两人无话，熄灯后辗转到天亮。

第二早天蒙蒙亮，两兄弟起床掬清水洗脸，拖着黑狗便出门，乘船到邻埠找舅舅王钻。

两人心灵相通，一句话也没有。

在船上吃早餐才发觉没有收拾行李，也罢，两个少年根本没有什么细软。

到了舅舅住所，嘭嘭嘭乱敲门，又大力按门铃，借此出一口乌气。

用人开门。"找谁？"

王钻已在身后说："怎么了，发生什么事？"

他只穿一条四角裤，露着健硕胸肌，近午，才刚起身。

纽扣红着双眼，不出声，纽门亦不知如何开口。

王钻已经猜到："那女人要进门了可是？"

两兄弟苦不堪言。

"先去梳洗，再下来吃饭，凡事有我。"

叫人把狗安置妥当。

纽门纽扣这才放心。

女佣把替换衣裳送上。"王先生说这是他的衣服，你俩暂时将就着。"

这时，房门一响，有年轻女子出来，秀发如云，皮肤雪白，身段姣好。

两兄弟佯装看不到。

那女子也不说话，自管自离去。

这时，他们才发觉舅家面积宽敞，装修大方，摆设名贵，却不显眼，倒并非暴发户口味，他们好好洗刷一番，才去见舅舅。

"噫，衣裤尚算合身。"

他叫他们摊开手掌，检视一番，吁气："这些茧，说是来自练空手道吧。"

两兄弟苦笑。

"一早该来。"

女佣说："房间已在收拾，可用午餐了。"

他们吃的是牛腰肉，佐啤酒，半晌，王钻说："先姐少女时期在制衣厂工作，工头暗恋她，总派简易工序给她，像开纽门钉纽扣之类，上袖子领口却叫别人做。可是，不知如何，两人并没有在一起。"

所以兄弟俩就叫纽门与纽扣。

"明日到我公司走走，参观各个部门，喜欢哪里，告诉我。"

"我俩学历——"

王钻不在乎。"已经胜我多多，英雄不论出身。"

纽门微笑，舅舅身上，有老周若干影子。

这时王钻叹口气："真没想到外表老实的姐夫如此花巧，这么快再婚，连儿子也无所谓要不要，他认识她多久，才几个月罢了。唉，阎王要人三更走，谁敢留人到五更，那妇人简直是阎王，来不及了，非得立即索命揪走。"

纽门不语，纽扣说："不知怎的，近日老父笑起来像偷到油的老鼠，那女人，就是猫。"

王钻说："不就是女人吗，我最看不起把女人当祖宗的男子。"

这时黑狗静静走近，想吃桌上剩下的牛肉，王钻说："你有你的食物，不准乞讨，要有尊严，明日带你理发洗澡检查身体，知道吗？它叫什么名字？"

"妈妈叫它囡囡。"

什么，大家都笑出声，那么壮那么丑的乌嘴狗，竟叫囡囡。

这时，王钻听了一个电话："是，他俩在我这里学师，我会照顾他们，你好好度蜜月吧。"

两兄弟知道是老父。

"他俩到旧金山注册，往夏威夷度假。"

两兄弟不置可否，他们立即忙起来。

"人要衣装"，王钻亲自带他们到西服店添置新衣，从头到脚，焕然一新，店里女性服务员都悄悄走近观赏。"真漂亮。""那样好看全不合理。""原来男人身上也要有点肉。"……

王钻排场不小，司机兼保镖一直跟在身边。

这时，两兄弟打扮已与舅舅相若，只是他俩不喜穿皮鞋，挑了新球鞋。

三人一样容貌高矮，走进公司，职员都意外，王钻吩咐助手："出告示知会同事他们二人立即上班，希望大家合作愉快。"

真没想到王钻的公司规模如此登样[1]：日常事务、人事部、会计室、保安部，还有两名当值律师，秩序井然，甚具规模，二十多名伙计。不管做何种生意，是否奸商，王钻都是能干人物。

王钻派一个年轻助手陪着他们讲解，他们只听不说，态度专注，惹人好感。助手李屏详尽解释这栋叫大众的建筑及租务公司各个部门。

怎么会有保安部呢?

李屏十分明敏，知道两兄弟疑惑，轻轻说："若有欠租，出动保安人员。"

"欠租的人可多?"

"你会诧异若干租户欠租达八个月，需要驱逐。依照法律，欠租三个月即要搬迁，但往往拖了又拖，欠上加欠，叫业主亏本。"

李屏语气如鹰犬。

两兄弟互望一眼。

---

[1] 登样：像样。

李屏微笑："噫，你俩对保安部有兴趣？"

选择不多，他俩不擅文书工作，又不谙法务、会计、建筑、装修，唯有保安，只靠力气，尚能胜任。

事实并非如此，做得保安也不尽靠一身肌肉。

王钻着他们坐下。"那就正式开始集训。"

两兄弟瞪大双眼，什么？

"跟律师学习法律程序，在何种合法情况下可以驱逐租户，到营业部了解公司有哪幢特别麻烦的大厦单位永无宁日，黄赌毒齐备——"

纽门听得发怵，呵，不简单。

"每天下午学咏春拳自卫及勤练枪击——"

枪！

"是，领执照配枪防身。"

纽门点头，新生活开始了。

王钻着助手安排日程表，首六个月一边学习一边实习，时间表异常严谨，王钻管理科学化。

也有不如人意出纰漏的时候。

就在这时，有人闯关，是一个中年妇人拖两个孩子哭喊着要见负责人，被秘书在接待处拦住。

妇人大声叫嚷："把我家具衣物扔到街上，今夜我们三母子就得睡街上，你们地主做这种亏心事，会遭天雷劈死！"干脆坐地上赖着不走。

不一会儿警察上来，协助一家三口离去。

纽门耳边仿佛还有那两个孩子的尖叫声。

两兄弟沉默。

怪不得他们父亲对舅舅的生意手法有怀疑。

这时李屏说："午饭时间到了，要不要一起？"

纽门以为保安部同事也在内，一口答允，去到餐厅，才知只他们三人，机灵漂亮时髦的李屏向他们打听细节：怎么一直没见过你俩，王先生很看重你们，有空到什么地方玩。她的意思，两兄弟都明白。

纽门先下手为强，微笑答："我已经有固定女朋友，纽扣吧，他是自由身。"

李屏一听，立刻失望，她在短短时间内已发觉纽门比较斯文可靠，纽扣？身体语言简直跋扈，不过，弟与兄一般英轩，她退而求其次，注意力转向纽扣。

不料纽扣接着说："我都快订婚了，她像撒隆巴斯膏药布一般全天候贴住我，使我动弹不得。"

那李屏也不是无人追求的次货，听到兄弟俩如此明显推搪，下不了台，不怒反笑："我还有事，你们结账吧。"

她离去之后，纽扣松口气："吃不消，我不喜欢这种主动捕猎的女性。"

她也不是纽门喜欢的类型，他问："圈套我俩干什么？很明显，我与你年纪比她小，起薪点八千，没有经济能力，十年内都不会考虑成家立室，她目的何在？"

大抵是寂寞吧。

纽扣说："我才不会陪她玩。"

这时，纽门忽然静静想起另一个主动女性，她是美丽酒馆老板娘艾珊，完全不一样。艾珊成熟妩媚，统共知道她在做什么，简单示意：这是我地址。没有牵绊及多余条款。

"今天颇累。"纽扣这样说。

回到舅家，一只神气漆黑铮亮的大狗跑出欢迎，定睛一看，竟是囡囡。呵，打扮过了，判若二狗，它张开嘴，哗，连牙齿都洗得雪白。

纽扣笑："不认得了。"

用人看着他们兄弟俩，心想：你们也是，穿上西服，一表人才，都不像初进门时那般粗犷。

第二早，王钻派他们到指定理发店，原来，还叫他们修理指甲。

一双手在温暖橄榄油里浸软了去厚茧，纽门连忙说不，这便是他，他不想改变自己，好奇看着纽扣接受治疗。

发式很简单，两人都剪平头，只是近太阳穴一撮留两三吋[1]长，像小小箭镞，十分别致，纽扣花样更多，他要求颈后一束留长。

离开理发店之际，纽扣说："看上去似意大利人，不如改叫罗兰索或基度。"

太漂亮像舞男。

日子很快过去。

老父与那女人，也该度完蜜月回家。

纽门的枪法比纽扣准确，但两人都说这把史密斯威森用来保命，不是攻击，他们用皮套配腋下。

"希望永远不必用它。"

"有许多警察到退休也未曾在街外开过一枪。"

每天练拳至筋疲力尽，浑身汗臭，倒床上噗的一声睡着。

---

[1] 吋：英美制长度单位，一英尺的十二分之一，即英寸。

地狱式训练。

午夜梦回，轻轻地，纽门身畔似有人说："这是我家地址……"呵气如兰，叫他浑身酥痒。

醒转，他沉吟半晌，同舅舅告假。

"不可无故放假，你利用长周末三天吧。"

纽门还想说什么。

"不许讨价还价，一切照公司规矩，今天，租务部老薛会带你们到兴旺街大发楼实习。"

一行四个大汉坐公司车抵达目的地。

纽门一抬头，傻住，原来兴旺街窄得吉普车进不去，需要步行。所谓大发楼，外墙油漆剥落，斑斑驳驳，墙身似麻子，又黑又霉，似第三次世界大战后余生残破楼宇，水沟边还长着杂草，每扇窗户修补不一样，但都晾着灰色衣物，随风飘扬。

楼宇分明有多年历史，且无维修保养，真料不到繁华到极点的都市有这种住所。整幢大厦如仓鼠笼，黑砖变白，白墙转黑，一搭搭灰色百年层层污垢。

老薛道："这幢叫大发，过去些有大顺与大富，同一条兴旺街，均属大众公司收租楼宇。租客麻烦到极点，十户有七户欠租不付，需要追讨，耗费人力物力。"

都是穷困人家。

"你俩已知怎做。"

"明白。"

欠三个月，拍门不应者，每星期在门外贴告示警告。再无表示，便点破门令，二十四小时之后业主可依法破门而入，充公屋内资产，逐出租户。

这时纽扣忽然问一奇怪问题："租户搬去何处？"

老薛回答："不知道，大众是家租户公司，不是大众红十字会。"

两兄弟无言，问得太天真了。

旧楼无电梯，一步步走楼梯，梯间堆满垃圾杂物，老鼠钻进钻出追蟑螂，梯角一只死猫干尸。

纽门真想掩鼻，但见老薛若无其事，司空见惯，他也不便有什么特殊动作。

这时老薛卷起袖子，两兄弟一看，发怵。这人不简单，只见左青龙右白虎，两臂密密精致花绣文身，似袖子中还有袖子，文身栩栩如生，虎与龙像在咆哮，随时预备跃起厮杀，纽门纽扣惊叹。

老薛说："这一户姓刘，欠租七个月，保安部仁至义尽，请让开。"他大叫："大众公司收租来了。"

老薛举起脚，他穿着镶铁头的劳工靴，用力一踹，大门应声而倒。这一腿起码十年功力，非同小可，连门框一起飞脱落下，他与保镖冲进。

兄弟俩不是胆小之人，也颇具见识，却还是第一次见到这种场面，连忙交换眼色跟进。

一进室内，恶臭扑鼻而来，保镖走进厨房厕所检查，忽然大骂，所有粗话冲口而出，恼怒得额上青筋绽现。

纽门这时已不顾一切掩住鼻子，不知保镖看到什么如此生气，走近往厕所张望。

他呆住。

原来整个坐厕都是排泄物，满泻在地上，还有淋浴池、洗面盆，无一幸免，臭气由此传出，令人欲呕。

老薛说："召警立案。"

纽扣抢到门外透气，纽门四周打量，室内全无家具，地上全是快餐店纸盒纸杯，破烂衣物鞋子，狗窝不如，怎么看都不像人住的地方。

纽门一时不知谁更惨一点：大众抑或这个租客。

老薛打电话叫清洁公司。

纽扣瞠目。"这还如何清理？"

老薛答："有一种化学药粉，满满撒下，十分钟后秽物凝固，臭味消失，可以一铲清除。"

"我的天！"

"所以王先生着你们出来实习。"

"这种事时时发生？"

"不止一两次了。"

他们走出那个单位与警察说话。

纽门正想离去，忽然看到角落一堆烂布蠕动，他大叫："有人！"

警察走进，掀开烂布，一个衣不蔽体长发女子坐起，浑身污垢，神志模糊，明显已遭毒品侵占灵魂，活着也仿佛死亡，这个狗窝便是她的地狱。

"起来，起来，"警察吆喝，"你是什么人，怎么在这里住宿……"纽门悄悄走到走廊。

这时，不是不后悔加入保安部，原先天真无知，以为天经地义，不交租就该走，商业社会，也不必理会孤儿寡妇或伤残失业租户搬往何处，今日才知，事情不单黑与白那般简单。

至少下次出动，要备口罩与手套。

街道名兴旺，楼宇叫大发大顺大富，善祝善祷全无效用，居民与兴旺发顺富没有半丝关系。

老薛倒是没有取笑缺乏经验的年轻人，他放下袖子带他们去茶餐厅喝咖啡解秽。

纽扣忍不住问："谁做那种清洁工作？"

"嘿，我也料不到，负责这天下第一脏工的是两个阿婶，不知多爽利，收费又合理，她俩兼清理凶杀现场。"

确是奇中奇。

为免被老薛取笑是水豆腐，兄弟俩吸口气，问："下一场呢？"

"参观新落成单位。"

大顺楼正在装修，把一层六个单位墙壁全部拆清，分隔成为二十个八乘十小房间，一些有窗，一些无窗。

这都是储物室？纽扣纳罕，电光石火间想起，啊，这便是报章新闻版上广泛报道无良业主违法改建的分拆劏房。

两只手臂张开，可以撑到墙壁，勉强可放一床，小床与一桌一椅，纽扣像走进小人国。

"月租多少？"

"三至四千五不等，已经订满。"

两兄弟不知说什么才好，一早以为车行是脏工，又抱怨父亲的旧村屋破烂，今日才知错得离谱。

老薛很得意。"王先生第一个设想间隔袖珍房间，分租年轻男女，他们不过回家睡一觉。看，全新装修，淋浴厕所俱备，麻雀虽小，五脏俱全，又解决社会需要，如今多少房东纷纷效尤。"

纽扣不敢问没有窗怎么办，重重门，多多锁，万一走火，又如何是好。这一天，总算下了课。

全身沾上臭味，回家洗刷，这股腥臊味比起车行汽油味只有更难受，兄弟俩心想：这一生，难道都得与难闻气味打交道？

周末，王钻在家请客，全体美女，没有男客，两兄弟借故避开。

纽门说要访友，纽扣要探老父。

王钻叫他们进书房。

"来舅家多久了？"

"七个半月。"

"还习惯否？"

"好似看到了相对宇宙，无限惊骇诧异，见识良多。"

"说得好，那，做我的继承人吧，慢慢学习，你们此刻见到的，不过是一个天井，房间尚未打开。"

"明白。"

"你们两人住我处有点不便，我那些女朋友老是好奇打听你俩是什么人，我不得不防着，决定让你俩搬出独立。"

"舅舅说笑。"

"你们喜欢两个住一起，抑或分开两个单位？"

纽门踌躇，他真怕舅舅叫他们搬往大富或大顺大厦。

王钻像是知道他们想什么，笑说："放心，新居在南半山施他佛道，你们会喜欢。"

纽门连忙识趣说："一个单位足够。"

纽扣附和："是，是。"十分懂事。

"也好，住三房单位，活动空间大些，再给你们一个钟点工人，每天负责煮食收拾。"王钻忽然低头，"我只得一个姐姐，真想念她。"

两兄弟无言。

"少年时她在工厂苦干供我读书，高中毕业后我急不可待赚钱回报，她却决定嫁人。那时，即使有一毛钱她也买糖给我吃，球衣球鞋，一样不缺，她自己却省吃省用。"声音低下去。

王钻自抽屉取出门匙与门牌。"随时可以入住，家具日用品俱备。"

"明白。"

王钻又说："你们探访老父，不可空手，到这家办馆取果子洋酒干货，已经着人替你们准备妥当。还有，他再婚我们尚未送礼，往凯旋表行提取两枚手表一并送上。"

纽门说："太客气了。"

"唉，一切看姐姐分儿上，去，去。"

这时书房门外莺声呖呖："王老板你在什么地方？""不要怕羞，别躲我们。"推门进来，都是穿几乎没有布料的泳衣的艳女，身段好得像男性杂志的中间拉页女郎。

两兄弟连忙低着头，目不斜视走出。

到门口才松口气。"取了新居门匙没有？"

"舅舅厚待我俩。"

纽门苦笑："好好跟他做打手吧。"

在老家前按铃，纽门想：最好主人不在，把礼物放下就

走。但大门立即打开，纽父看到他俩，高兴得不得了，立刻
迎进。

继母意外，但看到鲜花礼物，不禁笑起来："这么客气，
两兄弟像大人了。"

屋内装修粉刷过，换上时髦庸俗新家具，纽门立即奉上
两盒手表。继母拆开一看，见是一套蚝式名贵金表，喜不自
禁，立即戴腕上，又替丈夫戴好。

她说："我去准备点心。"

纽父仍然讪讪，像做了什么亏心事似的窃笑，他胖了些，
脸圆圆，两兄弟几乎不认得。

继母态度好得多，团团转招呼，两人喝碗甜汤才告辞。

"有空常来。"

两兄弟唯唯诺诺。

在门口纽扣说："一切不出舅舅所料，这是他聪明过人料
事如神。"

纽门却说："他生活经验丰富，见多识广，知道某些人在
某种情况下一定如是反应。"

"舅舅是否一般人口中的江湖客？"

"虽不中，亦不远矣。"

他是一个精明的生意人，妒忌他的人会说是奸商。

纽门在一角用电话联络友人。

纽扣奇问："你找谁？"

"不干你事。"

"你有女友？你瞒我？吓，一场兄弟，亲骨肉——"

那边未应，纽门"喂"一声正想表示身份，已经听到对方轻柔地说："纽门你好。"

啊，纽门还想说"君还记得我否，我叫纽门，我们曾有一面之缘"，对方已直率认出他的声音。

他索性说："我今午可否来探访？"

"四时许我有空当。"

"届时见。"

纽扣亮晶晶双眼瞪着纽门。"呵，真人不露相，她是什么人？"

"扣子你如果没事做，不如到施他佛道准备一下，如有露台，把狗屋安置该处。"

"舅舅没同你说？囡囡跟他住，活动地方大一些。"

纽门不出声，唉，处处不由人。

他又与纽扣说几句："多看，少说，想清楚才跨步，处处留神，真叫人讨厌，你我是高大强壮的孤儿，别想有人怜惜。"

"哥，再说下去我都要哭了。"

"耳边仿佛还听到妈妈声音：'做妥功课否？''叫那些女孩子过了晚上九点别再打电话来。''邻居苏太太投诉囡囡乱吠。'现在，没人管我俩。"

"幸亏有舅舅。"

"你也看到，舅舅并非做正统生意。"

"大都会千奇百怪，逢商必奸。"

时间到了，两兄弟击拳话别。

纽门到花店徘徊，少女店员见他浏览良久，踌躇不决，灵机一动，把一只小桶递到他面前让他看。

纽门大奇："这是什么花？清香扑鼻。"

"这是《圣经》上所说'谷中百合花'，又名铃兰。"

是，这才配合她。

纽门握小小花束上门。

伊人前来开门，大半年不见，倩影与纽门记忆中一模一样，今日淡妆的她只有更加好看。

纽门觉得四肢软软，露出微笑，递上花束。

伊摘下一小撮，别在耳后。

她穿白衬衫长裤，在家里做账，大台子上摆着大字计算器与大沓发票。

她把杂物拨开，取出啤酒，问纽门好不好。

纽门想一想，仍用三句话交代："家父再婚，我迁出跟舅舅谋生，人在江湖，身不由己。"

她温柔点头，纽门心中已经舒服不少，呵，如此文秀的女子居然是酒馆老板娘。

他告诉她若干见闻，她细细十分关怀专注聆听，纽门经验虽不丰富，也知道在少女身上得不到如此温情。

他握住她的手，放到唇边。

她也期望接触，纽门已比首次见面成熟一点，仍然率真可爱，社会上如此单纯的青年已属罕见。每个人都有目的，又佯装并无企图，她相信寂寥的纽门只不过想亲近她，得到身心上些许安抚，那样，明天又可以活下去。

她也是，没有什么不同。

少年身上有汗息，她轻轻为他除下外衣，原来里边只穿一件那种无袖的肌肉衫，举起双臂，腋下黑压压一片汗毛，像小地毯。她不禁微笑，这样强壮的臂肌腋窝，女子都会想钻进睡一觉吧。

少年十分温柔，像是怕用力会伤到她，他摸索着吻她嘴唇，她觉得甜蜜，对方却已晕酡酡，把所有动作交给本能导航，脑子全不管用，但有一个小声音在他耳边说：这样，太过唐突。他却这样回答：对不起，对不起。

艾珊不着急主动，似说：不怕，不怕，我明白。

她轻轻除下白衬衫。

那肌肤如一缸牛乳般软滑糯香。

纽门惊异，艾珊雪白藕似的左臂上，有一个青绿色环状文身，他定睛凝视，原来是条细细青竹蛇。那文身师傅确是高手，小蛇栩栩如生，仰头，张嘴，吐出血红蛇芯，随时要噬人，而蛇身似会转动，欲脱臂飞出。

这样冶艳，这时，她又活脱脱像个酒馆老板娘。

内衣滑下，纽门又一个惊喜，这是什么，丰满胸脯尚未完全赤裸，诱人地贴着一个银色扇贝图案，他忍不住伸手触摸，才轻轻一点，那只贝壳忽然弹开，一蓬彩色碎纸射出，吓他一跳。他缩手，忍不住哈哈笑出声，伊如此幽默，运用诱人小道具，叫他把紧张驱除，全心全身享受温柔。

少年抱住她腰身，再也不愿放开。

二

人不自爱，
谁来爱我。

纽门肯定这是他人生中最美好的一天。

伏睡的他醒来之际，发觉女伴压在他背上。

她身轻若燕，他并不介意，只是咯咯笑，不动。她轻轻问：“今天还有时间否？”

“哎呀，我以为你不会要我留下。”

“我做牛腰肉给你吃如何？”

“加龙虾尾更好。”

“纽门，你好不可爱。”

“你口气似老姐。”

“根本就是，呜呜呜。”

一个女子真正上了年纪，就不再谈岁数，可见她还差得远。

艾珊拧他双颊，扭来扭去不停手。

他凝视她秀美五官，不敢奢望什么，轻松邂逅，温存片刻，已经足够。淋浴后他只裹着毛巾吃午餐，等衣物洗净烘干更换。

没有龙虾，只得牛腰肉，艾珊手艺甚佳，食物美味，或许是纽门实在已经十分饥饿。

这时纽门才打量她的住所，货仓改建大通间，旧木地板，铺着各式方块地毯，家具全放一起，床在窗下，大桌子在中央，布置中性大方。墙上有一块庞大的霓虹光管招牌，她插上电，招牌亮起，原来是一个裸女一边抛媚眼一边伸缩大腿，光管字体是：营业中请进。分明是一家老酒吧的招牌，被她拿来做装饰，真够幽默。

艾珊的选择很有味道。

捧着一杯茶，纽门缓缓说出心事："母亲辞世后，我身上某些细胞似已跟随死亡，只觉已经失却快乐本能，事事颓跌不愿争取，渐渐听天由命，默默忍耐。跟着舅舅，但求三餐一宿，只觉毫无前途，百般无聊。"他不会对别人说这种心声。

艾珊听毕，轻轻问他："可愿升学？"

纽门摇头。"我与纽扣均不是读书人，打开功课，全不入脑，字只像会跳舞。"

艾珊微笑："也许是阅读障碍。"

"只是不爱读书。"

"你还年轻，大把时间在社会摸索，学习一门手艺，将来当家做主。"

纽门点点头。

"对了，你舅舅是什么人？"

"他原本叫王志强，十多岁时，家长觉得叫志强太平凡，改名王钻。"

艾珊一怔，原来是他，这王钻有点名声，没想到是少年娘舅。

两人就躲室内温存说话，过了整天，傍晚纽门穿回衣衫，艾珊轻轻说："这些西服不适合，你穿卡其裤加外套就好。"

女子，无论老少丑妍，均喜管人，这是天性。像小小牧羊犬，三两个月大便会赶羊，若不能畜牧，那它会把小小孩赶到一个角落，围住兜着跑，不让幼童出来。

纽门依依告辞。

"保重。"艾珊送到门口。

"我写电邮给你可以吗？"

艾珊意外。"欢迎之至。"

纽门发誓他看到她左臂上那细细文身——青竹蛇似在转动。

他去到施他佛新居，仰望背山面海大露台，已觉神清气朗。两兄弟要是凭一己之力，再幸运恐怕也要过多十年八载，可见舅舅对他们有期望。

找到门牌，他用锁匙启门进去，看到一男一女两个工人正在收拾地方：有人开派对庆祝新居入伙，一地酒瓶酒杯，家具搬到一角，腾出地方跳舞。

舞会主人当然是纽扣。

纽门叹气：此子不可教也，住人的地方，竟闹得似会所。

正想揪他出来斥责，纽扣已裹着毛巾擦着头发笑着道歉："知道你会不高兴，只此一回，下不为例，客人已经尽欢而散。"

墙上地毯已沾上大量酒渍。

以后，这宽敞舒适的地方就是他们的家。

纽扣说："淘伴们都极其羡慕，说我俩已经熬出头，我连忙谦逊——"

他坐到沙发上，猛地跳起，几乎连裹着下体的大毛巾都落下，他怪叫："谁，什么人？"

沙发上毯子毛巾一大堆，有人动了动，坐起来。

是名少女，还穿着昨夜的闪光玫瑰红跳舞短裙子，睡眼惺忪。

"喂，派对结束，你还不走？"

她呢喃："手袋呢，外套呢？"

"给你十分钟，立刻清走！"

少女睬也不睬纽门，她衣冠不整，头发蓬松站起。"浴室在什么地方？"摸进走廊。

纽门惊异得说不出话来，什么时候开始，女性竟做得这么贱，完全不在乎身世，烂搭搭到处睡，毫无惧色。

她反锁在浴室，纽扣捶门。"喂，快些浑蛋。"

这时两个用人已收拾完毕，这样说："已煮好简单食物，我俩明天再来。"

纽门连忙付过小费。

他转头轻轻说："请客容易送客难。"

"我可没请过她，我根本没见过她，不知何名何姓。"

"荒唐。"

女郎缓缓走出，洗尽铅华脸圆圆的她也包条毛巾，她这样说："陈大文叫我过来一起玩。"

"我也不认识陈大文。"

"陈大文的表哥庄尼刘说好友胡阿历山大有你电话。"

"小姐，快穿衣服，立刻走。"

纽扣当着她的面套上裤子穿好衬衫。"限你十分钟，我回来时，不要再见到你。"

纽扣外出，纽门也不想与无名女单独相处，他也回公司报到。

那日，两兄弟跟着老薛一行三人到某公寓单位检查，有租客投诉隔壁日夜传来异味，故老薛带着黑狗囡囡。

老薛进屋，在冷暖气通风口一闻，立刻说："大麻。"纽门深深一嗅，果然是，于是三个大汉出门找源头，囡囡嗅觉灵敏，一下子找到另一户。

打开门，一家四口，两个孩子，看到老薛凶神恶煞似的狠狠责备，户主也大声抗议："我们也闻到臭味，整幢村屋六户人家都在议论纷纷。"

囡囡有主意，它仰头，示意三个大汉跟它走。

又回到楼下，老薛大声叫："租户管理员，开门。"

门打开，是个银发老太，老薛忙道歉，但囡囡不愿走，它索性坐在门口，喉头呜呜作响，表示怀疑。老薛出示证明文件，老太只好让他们入内。

囡囡如识途老马，立刻往后门走去。

门一打开，看到角落几十株成熟大麻盆栽。

"老太！"

数一数，总共三十六株，价值数万元。

老太见躲不过，咕哝说："老太婆无依无靠，不过是赚些外快，供年轻人吸食。"

啊，还招待客人，人不可貌相。

老薛坐下，看口齿伶俐的纽扣向老太解释：这是违法行为，后果严重，必须立刻清除该种植物，并且停止营业，五天后再来检查。

老薛摸着囡囡脖子。"好狗，好狗。"给它吃饼干。

纽门心想，连老薛在内，一共四只走狗。

明明应该报警，但，叫老太坐牢？

各有各的难处。

回到公司写报告，与老薛商量翌日的工作。

纽门把大麻老太的故事告诉艾珊，她回复："！"

纽门也暗笑，天下之大，无奇不有。

回到施他佛道，又是另外一件事。

那邋遢少女还在他们家。

她索性换上男装运动衣，盘腿坐沙发上，津津有味看电视长剧，一边呷呷声吃零食，听到纽门脚步声，头也不抬，她好似打算住下。

不妙。

纽门想一想，连忙与老薛通电话："如此这般，已在我们这里逗留超过四十八小时，吃饭洗澡，当自己家里。"

老薛十分同情。"我们一伙二十分钟后到。"

纽门心有不忍，但不得不这么做。

他对那无名少女说："你该回家了，父母会惦念你。"

"我无家可归，没有爸妈。"

"那么，向社会福利署求助。"

她冷笑一声，看着纽门。"我住几天找到朋友就走，你别催我。咄，你是有屋无人住，我是有人无屋住，多不公平。"

这样烂污，怎么会有朋友。

这时门铃响，救星驾到。

纽门急急塞一卷钞票进少女手袋。

老薛进来，露出文身，狰狞地看着少女笑，他说："很好，皮肤够白，乌莱岛苏丹正喜欢这种货色。一支麻醉针，醒来她已在乌莱皇宫，届时有吃有住，不愁没地方享福。"

老薛伸手抓她，她尖叫，抢过手袋就走。

老薛故意呵呵大笑："你要逃，也好，但此后别叫我再见到你！"

少女奔下楼梯逃命。

纽门朝他膜拜。

老薛一伙喝完啤酒，帮纽宅换过门锁才走。

"纽门，你欠我一次。"

"明白明白。"

纽扣回来，提也不提那借宿少女，像从来不记得有那个人，纽门也懒得同他复述。

他向艾珊报告。

艾珊回电邮："你给她钱，怕她会再上门。"

"她好似很怕乌莱。"

艾珊想说，她年轻时与姐妹到过乌莱，见过苏丹兄弟，但，终于没讲出口，纽门还是个孩子，多说无益。

两人约好，周末见面。

第三天同事在保安部聊天。

"给囡囡做一个职员证佩上，多神气，索性每天当值，我替它往人事部登记，哈哈。"

"在大众待那么久，发现一个事实：一定要置业，人没瓦遮头，惨过畜生。"

"楼价已贵到这种地步，年轻人月入一万做一百年也买不到小公寓，如何成家，怎样立室？"

"别吓坏他们两兄弟。"

"王先生好本领，收买旧楼时才百多万——整幢。"

秘书进来。"王先生叫开会。"

众人整顿一下衣履进会议室。

纽扣羡慕。"舅舅真威武。"

王钻态度温和，像聊天那样问："大家说一说，新政策下，本市楼价及租值会否大跌。"

老薛先说："据正式统计数字，本市人口在二〇三〇年将升至七千九百万，地窄人多，无论何种政策，都是杯水车薪。"

纽扣最诧异，嗄，他一直以为老薛是个文身粗汉，没想到熟悉精算数字，意见有根有据。呵，人不可以貌相。

王钻微笑："你的看法呢，纽扣？"

纽扣大胆回答："这还不只是供求问题，光是市区，已有两百多公顷空置地皮，却廉租予人做停车场、高尔夫球练习场地……"

王钻说："这分明是囤积地皮待更高价时推出，天真的理想主义者劝政府先取出建廉租屋应急，得到的只是一个'拖'字。"

这一刻纽门肃然起敬，从此以后，他一定要熟读一切有关地产的新闻，知识便是力量。

纽扣说："那么，结论是暂时只会升不会降可是？"

王钻笑："会计部决定加租七个巴仙[1]或以上，保安部应该做何准备？"

纽扣回答："恐怕会有更多租客欠租需要逼迁。"

啊，原来要说的是这句话。

老薛又报告其他事务，其中一项是拒绝别的公司租借他的保安部。

王钻说："那我着他们自家成立保安部，然后前来大众挖角。"

大家都笑出声。

---

[1] 巴仙：东南亚一带的华人用语，即"百分之"，由英语"percent"音译而来。一个巴仙即百分之一。

这时助手李屏进来，每人派一本书。"这是《孙子兵法》，王先生说，华尔街大亨以及若干五星上将都熟读此书。"

王钻说："你们有空时便翻一翻，这书中最精彩一句，叫'知己知彼，百战不殆'，因人的本性总喜抬高自身，踩低别人，导致无数失误，这个毛病若能改过，失败机会大大降低。"

他随即叫散会。

纽门轻轻说："要言之有物，必须多看书。"

纽扣答："不是做打手吗？"

"打手也要有策略，叙利亚内战，美中情局派员协助叛军摆阵对付政府军，因一味死打，没有效果。"

"哗，看来你是舅舅继承人。"

"嘘。"

第二天一早，天蒙蒙亮，老薛叫醒纽门："快下楼，大发楼有事，不用叫你弟弟了。"

纽门冷水洗把脸，套上卡其裤便跑下楼，老薛坐吉普车司机位等他。

纽门上车才套外衣。

"大发那边有住客说，三楼甲座整夜有男女吵架，然后，闻幼儿啼哭，到现在还未停止，本应报警，但碍于大众面子，所以先知会保安部。"

什么面子？

"大众与租户有约，不可擅自报警。"

纽门不出声，这不是妨碍执法吗。

到达现场，因事关幼童，纽门心急如焚。

站门外，已听到幼儿有气无力的啾啾哭声，他退后三步，抬起铁头鞋，正想踹开，被老薛按住。"我有门匙。"急急打开。

看到情形，两个大汉呆住，整屋都是小孩，粗略数数人头，有十个八个，婴儿趴在地上痛哭，最大的只得五六岁，手抱，肩背，做小保姆，他们也在哭泣。

老薛傻了眼，他说："速报警，你守住他们，我去讨面包牛奶。"

这时幼儿们都爬到他脚下讨吃，拉扯不放。

纽门从未见过这种情况，凄凉得鼻子通红。

不一会儿老薛抱着邻居捐献的食物赶回，孩子们像动物一般抢到面包塞进嘴里，邻居都挤在门口看，不住议论。

终于，警员与救护人员都到了，他们也意外。"这许多孩子，都属于一家人？""家长呢，他们的父母在何处？"

一边点人头，一边由护理人员抱出。

老薛上前表明身份，警员登记，写下户主名字。

这时，忽然听得一声娇吆："立即追捕这对夫妇，寻求刑责。"

人未到声先到，这叫先声夺人。

两个警员立刻苦笑，他俩认得这声音。"糟，是社会福利署的雌老虎苏姑娘。"

纽门一听，诧异，那女子是谁？连警员都畏惧。

抬头一看，只见一个穿白衬衫卡其裤的年轻女子匆匆走进单位，把室内剩下的孩子一手拖两个，拎出门外，一边指挥："先带到儿童医院急症室，要求即刻诊治，这件事要公诸社会，中上层市民往往不信繁华本市会有这种第三世界地狱般的惨况，请《光明日报》的记者来拍摄报道。"

纽门一听，知道情况严重。"苏小姐——"

"你是谁？"

两个年轻人在肮脏不堪臭气熏天的狭窄小单位对峙。

"我代表大众租务，即这公寓的业主。"

"啊，就是你们，高价出租欠缺设施通风的单位给低收入人士——"她大眼圆睁。

这时警员走近。"苏小姐，上头说这件事由警方公共关系组处理。"警员巡视见单位内已无人，纽门立刻关门锁上，再进去就要搜查令。

老薛在他耳边说："做得好。"

两人匆匆离开现场，纽门已浑身汗湿。

老薛拍拍他肩膀。

在车上，他们看着一共十一个小孩上了救护车驶走，那个苏小姐做指挥。

老薛咕哝："谁家女儿如此悍强。"

一言提醒纽门，是，他见过这个苏小姐。

苏宝因三字忽然跃进他脑海。

是她，那个羞怯怕事的邻居小女孩，白皮肤，大眼，乌溜溜头发，都没有改变，但显然长了胆识，理直气壮，今日的苏小妹，气势不凡。

纽门微笑，竟在这种场合与故人见面。

警方与救护人员收队，老薛松口气。

这时，才有记者赶到，却拍摄不到人证物证。

回到公司，才早上七点多，他们与王钻前后脚，老薛立即向老板报告。

王钻一贯镇静。"立刻派人清洁收拾。"

老薛说："等记者离去立即开工。"

王钻看着外甥。"做得好。"

稍后，李屏把一只信封放纽门桌上。"奖金。"

"不敢当。"

"你这人奇怪，给你就收下，老薛也有，这是公司制度。"

纽门只得把奖金放到抽屉里。

李屏还不走。"赚到外快可以送礼物给女友了。"

纽门忽然心酸，本来，应当有能力送件小礼物给母亲，但她已经不在。

"女朋友喜欢什么，女性多数爱首饰，选一件名贵实用天天可以戴的项链或耳环。"

纽门点点头。

李屏看着他，一头密密稠发，那样浓的剑眉，深邃眼睛，笔挺鼻子，丰满嘴唇，腮旁有青色须根影子，要多好看就多好看，况且纽门神情有些羞涩，平添可爱。

终于，李屏叹口气离去。

九点多，纽扣回来。"什么事？法律组忙得团团转。"知道真相后，他问老薛："为什么不叫我？你偏心。"

老薛气结："这样吧，我有一个独生女，嫁与你，不给纽门，作为补偿。"

纽扣这才噤声，仍然气鼓鼓不服，纽门把信封扔给他。"拿去随便怎么花。"

纽扣却正经起来。"多余钱应当储蓄，否则永无隔夜之粮。"

噫，小子说得对。

第二早，纽门到银行开储蓄户头，然后到社会福利署找那位苏小姐。

"苏小姐在三楼办公室。"

他找上楼，见一个大通间，密密放着写字台，隔着矮板，总算有点隐私，这同大众租务名下的分拆房差不多。

纽门已经看到她伏案在电脑上登记档案，他走近咳嗽一声。

苏宝因抬起头，啊，那双眼睛，晶莹有神，伶俐过人。纽门不禁微笑，是，那个遭顽劣兄弟俩扔泥巴的女孩一直在他记忆中，大眼，依旧闪烁。

他轻轻说："我是《光明日报》记者。"

苏宝因一怔，随即冷冷斥责："胡说，你是大众租务的打手。"

没说走狗已经很给面子。

"瞒不过你的法眼，苏小姐，我来打探，那帮孩子情况可好？"

呵，还有点同情心，天良未泯，苏宝因脸色稍霁。"缺水，缺粮，有点皮肤病，头上生虱，没有大碍。"

"他们将何去何从，找到家长没有？"

"其中六名已被父母领回，另外三名的父母在外埠，余下两名无人认领，将入住儿童院。"

"为什么扔在一个单位内？"

"那是一家托儿所。"

"嗄？！"

苏宝因凝视这个年轻人，忽然间，记忆跳跃到眼前，人脑比电脑灵光之处是不必顺序抽查，特别敏捷。电光石火间她想起，她认得他：小子姓纽，他还有个孪生兄弟，一人叫纽门，另一人叫纽扣，他们做过同学，两人老是把前座女孩辫子浸在墨水里。还有，在沙地故意撞倒她，扔她泥巴。

苏宝因霍地站起，握着拳头，怒气上升。

纽门机灵，看到她表情，便知她已记起他。

他轻轻问："苏伯与伯母可安好？"

苏宝因冷冷答："他们很好，谢谢，你的孪生兄弟又如何？"

"我比纽扣大一岁，我俩并非孪生。"

"纽先生纽太太想必安好。"

纽门的声音顿时低沉："家母已经辞世，父亲再婚，我与纽扣搬了出来。"

苏宝因意外，呵，世事变迁，好景不再，短短数年间，纽家发生这样大变化。

她约莫记得纽母是一个谦卑女子，从不惹事，十分勤快，把一对顽劣儿照顾妥当，常听到苏妈说："隔壁纽家的地板真干净。"没想到已经不在人间。

纽门一说到母亲整个人变得低落，看样子仍未放开。

苏宝因想一想。"你们有一只墨黑巨犬，双眼绿油油，像极巴斯克维尔的魔犬，它怎么了？"

纽门答："它是洛威拉[1]与拉布拉多混种，此刻住舅舅家中。它不是恶犬，从未伤害过人或动物，经过打理，外形十

---

[1] 洛威拉：又译为罗威纳（Rottweiler），发源于德国的犬种，常用作护卫犬或警犬。

分神气。"

宝因"哦"一声。

"苏宝因，小时我们淘气若有令你尴尬，我想趁这机会求你原谅。"

宝因一直以为兄弟俩沾沾自喜，幸灾乐祸，毫不羞愧，所以才耿耿于怀，没想到有生之年他会忽然郑重道歉，不禁沉默。

"有空我把纽扣也叫出来大家喝茶。"

他留下名片。

宝因送他到门口。

她忽然这样说："那几个孩子你不必为他们担心，若有志气，一样可以成为社会上有用一分子。"

纽门微笑，老好苏宝因，这是她变相鼓励他。

他回到家，把经过告诉纽扣。

纽扣大奇："她？"

纽门出示手提电话偷拍照片，影像中宝因正垂头工作。

纽扣一看，惊叹："长这么漂亮了！"

纽门倒是不觉苏宝因特别好看。

"我负责约她出来。"

"喂，你别作弄她。"

"啊，你不舍得她。"

"大家都长大了，很应该从头开始。"

第二天宝因下班，看到纽门笑嘻嘻迎上。"宝因，你好。"

不，她定睛一看，这不是纽门，这是他兄弟纽扣，二人长得再像没有，但纽门没有这种调皮眼神。

宝因忍不住说："你不是纽门，你是纽扣。"

"哟，宝因长着法眼。"

"你又有什么事？"

下雨天，纽扣撑起伞，遮住宝因，一时不说话，宝因倒期望他开口，这是纽扣的计策。

终于他说："纽门说你还记得我们捡回的那只流浪犬。"

宝因不出声，她至今还怕那只大黑狗。

"看谁来了。"

宝因抬头，看到与纽扣几乎一模一样的纽门朝他们走来，雨中高大的他连走路都觉英轩。

宝因看完兄，又打量弟，这两个讨厌男孩如今竟如此登样，岁月改变一切。

纽门招手。

纽扣说:"我把他也叫来,三人一起吃饭如何?"

宝因说:"家母炖了汤等我。"

"那我俩做不速之客。"

纽门一听。"那怎么可以。"纽扣太大胆。

不料纽扣这样说:"他不可以我可以,他已经有固定女友,别理他。"

苏宝因既好气又好笑。"一起吧。"

纽扣在附近办馆买一箱橘子与一箱苹果。

宝因摆手。"不用不用。"

"礼多人不怪。"

上得门,苏太太看到两个高大英俊年轻人,不禁一怔,一直叫女儿带朋友回来见面,切勿偷偷摸摸,不料一来就是两名。

"妈,可还记得他俩?"

两兄弟忙把水果抬进屋里,又自我介绍,说到母亲,大家黯然,苏先生问:"你俩可有升学?"两人摇头,边吃边说与宝因重聚经过。

没想到一顿便饭吃得这样舒服。

纽扣还要帮着洗碗。

纽门说："我来，我做得最干净。"

苏先生与太太都笑出声。

饭后宝因向父母告辞，他们才知道宝因已经搬出去住。少女竟如此独立，始料未及。

她这样说："幸会，再见。"

"让我们送你。"

宝因十分磊落。"不必客气，改天再联络。"

她显然没有意思与他们进一步熟络。

看她走了，纽扣说："我就是喜欢宝因这样的女孩。"

"是吗？"他哥看着他，"宝因又无巨胸丰臀，你说笑吧。"

"你知道什么，你已有固定女友，你莫想与我争。"

纽门不去理他。

周末，他的心早飞出去，到他"固定女友"处。

女友炖了冰糖白木耳给他喝。

他絮絮与她谈工作上琐事："一家住户，投诉走廊有蛇游走。"他眼光落在艾珊手臂上。"我与纽扣前去查探，发觉蛇自对邻逃出，打开门，看到成箱数十条大蟒，正在吃午餐，被缠住的老鼠吱吱叫，情况可怕……"

艾珊皱眉。"我的天。"

"原来户主为宠物店饲养该种无毒大蛇……"讲到这里停止,"这些事我说个不已,你听着怪闷可是?"

"我爱听。"

纽门喜欢的就是这种温柔,他握住她手,枕在腮旁。

自从母亲辞世,再也没有这种亲切谈话机会。

艾珊是天赐。

"酒馆生意可好,有无麻烦?"

"一到周末,客人多至肩碰肩,跳舞时人人举起双臂,以防碰撞。喝多两杯,斗逞英雄:'看什么?''你女友性感。''再看,揍你!''看也不准?'打起来,幸亏保镖能干,凡闹事者通通赶出门。"

"我们的客人好似都不够斯文。"

"有生意就好。"

"有何秘诀?"

"男女酒保与侍应都长得漂亮。"

纽门说出心中话:"最好看是你,我从未见过你这样的秀美女子。"

艾珊感动之余微笑:"你又见过多少女子?"

"嘿,双眼所及,几十万个。"

"失敬。"

上次做客，纽门已发觉厨房橱门关不紧，水厕作响，灯泡熄灭，浴缸水喉要换，他这次带来工具，一一修妥，手脚利落。

"为什么不叫人修整？"

"独居女子，小心为上，不好给人知道家居情况。"

那边，纽扣也为同样事在苏家忙碌。

他帮苏伯母修妥风扇及冷气机，还有缝纫机等小问题。

苏太太笑说："如果叫苏先生做，先推搪一年，然后，机器拆开，又搁着一年，结果还得出钱请专家来做。"

苏先生说："喂喂喂。"

纽扣告辞后，苏太太问："小青年为何如此巴结？"

"莫非看中宝因？"

"不会，他们自小认识，冤家对头。"

苏先生慎重说："希望他不是想追求宝因，我不会同意。"

苏太太默不作声。

纽门比较顺利，他愉快地度过一个周末。

他烤蛋糕给女友吃，一室喜气洋洋，鸡蛋与奶油甜香。

艾珊渐渐关爱小男友，他的纯真感动她。

本来双方不过寻找些许慰藉，真心却在最不胜防范时游丝般钻出。小心呵，艾珊对自己说，别高兴过头失态，晕酡酡头轻脚重。

小青年往往迅速成熟，届时要求不一样，恐怕她难以，也不愿应付。

她依恋他做伴。

他教她骑自行车，她本来会一点，努力平衡，已可单独行驶。他教她游泳，她原先懂得浮水，不过姿势难看，被他带引，蛙式似模似样。

与他在一起，根本无须美酒佳肴。

呵，那么，还有晚上，靠着他强壮裸肩，她不再寂寞，很难说这种舒畅安全感觉自何而来。如有子弹飞来，他不一定为她身挡，可是她孤苦这些年，即使是幻觉亦觉满意。

他们互相爱慕对方美色，至为崇敬。

青年晒得金黄色，双肩布满趣致雀斑，有一组像北斗星，她纤细手指用婴儿油替他按摩，叫他叹息。

纽门心中悄悄说：要小心啊，他俩没有将来。

他哽咽地享受旖旎，知道她那是最柔软丝滑的肌肤。

周末过后，回到现实，王钻把他叫进办公室。

纽门看到一只极大古董地球仪，他微笑，看样子舅舅想征服全世界。

王钻也笑："许多老总办公室都有这件道具。"

"舅舅有话说。"

"听扣子讲，你已有固定女友。"

纽门忽然腼腆。"哪里。"

王钻把一盒东西放青年面前。"扣子也有一盒。"

纽门一看，不禁好笑，那是一盒十打一百二十个安全套。

"这是我唯一忠告，被女子一刀插死无话可说，可是染上恐怖传染病却咎由自取。"

纽门唯唯诺诺："明白。"

王钻敲一下他的脑袋。"记牢实施。"

纽门垂首，以前，只有母亲才会这样郑重叮咛。

舅甥二人同时想到那辞世的慈母。

王钻拍纽门肩膀。"去，出去追债。"

那天下午，两兄弟心血来潮，到车行探周师傅。

走进车行，规模如旧，连从前纽氏兄弟惯用的工具箱都仍然丢在一角，但物是人非，没有一张熟悉面孔，爱看脱衣舞的周师傅去了何处？

"周老去年退休告老还乡去了。"他们说，"现在修车用电脑，他全不懂。"

两兄弟面面相觑，这下子，车行全是继母的天下。

"可要通知老板一声？"

纽门说："不用，我俩只是路过。"

纽扣问："生意还好？"

"托赖，过得去。"不愿多讲。

两兄弟告退。

沉默很久，到底年轻，又再度振作。

"再过十年，你看到什么？"

纽门答："当小组长，凶霸，去逼迁。市道如果继续不景，租户越来越难过日子，贫富更加悬殊。届时，盛行棺材房，放工走进，躺下，第二天复活去做工……"

"你真悲观。"

"你又如何看自己？"

纽扣夸啦啦："届时我已成家立室，妻子美且慧，有经济能力，且愿生育，我会有聪敏听话可爱的一子一女。至于工作方面，舅舅会升我做得力助手……"

"你吃了灯草灰，放的轻巧屁。"

"噫，哥，我才不会看轻自己。"

这是真的，人不自爱，谁来爱我。穷小子第一件事是自爱。

纽门说："我在想，我们是否需要进修。"

"我对一般学校课程没兴趣，舅舅说，公司有英语班，这倒是可以考虑，说不定班上有美女。"

"你不是已经锁定苏宝因？"

"宝因对我有偏见。"

"是否因为你的职业？"

"我也问过，宝因说，一个人只要自力更生，职业不分贵贱，倒垃圾，煎汉堡，都是正当工作，是社会不可缺少的成员。"

说得真好，不过语气似老师。

"她觉得我不专一，她说会同情我俩的女人，她们一定吃苦。又讲，她不喜欢太漂亮的男生，听到没有，哥，嫌我们长得太标致，哈哈哈。"

"宝因与你讲那么多？"

"她想杜绝我的痴心妄想。"

"你放弃没有？"

"咄，这么轻易放弃还算追求？我会缠住她不放。"纽扣形容得像一场电子游戏，"她进我退，她退我进。"

纽门没好气："多年老朋友，你莫得罪她。"

纽扣只是哈哈笑。

这时同事李屏进来。"纽门纽扣，找你俩商量一件事。"

纽扣精灵："纽门，你好好听屏姐有什么吩咐，我还有事与老薛去办。"

李屏掩上门，忽然流泪。

这女子平时也似钢铁一般，这次一定是遇到极大难题。

纽门让她坐到角落，给她一杯水。

李屏一直流泪，双目通红，怎么了，受到何种委屈，竟跑这里躲着哭。

这时，纽扣不知回房取什么，看到李屏一味饮泣，纽门呆立一旁，不禁好奇，他坐到她对面。"我哥欺侮你，他不认账？不要紧，我娶你。"

说得这样好笑，李屏拿起一本书扔到他身上。

纽扣活泼。"说呀，大众公司上下几十人，一定可以帮你。"

李屏抬头看着纽门，他给她一个鼓励眼色。

终于李屏轻轻说："我有一些照片，落在一个人手上。"

两兄弟一听便知是怎么一回事。

纽扣霍地站起。"照片在何种情况下拍摄，你知情抑或不知？"

"我醉酒半昏迷。"

纽门低声说："我器量狭小，这世上我最憎恨之事，无外是欺凌侮辱女性，或是威胁女子要钱，这个人要什么？"

"五十万元现金，要不，继续做他女友。"

"把这东西姓名地址给我，有照片最好。"

李屏说："谢谢纽扣。"

纽门却说："不如报警。"

纽扣答："小事何用惊动繁忙执法人员。"

他扶着李屏出去。

"扣子，小心。"

"我省得。"

纽门实在不放心，行动那日，一起跟着。

纽扣带着一个助手，凌晨三时多到指定地址拍门，户主来开门，纽扣一看，正是目标人物，一脚踹开门，与助手强自入内，砰的一声关上门。

接着十分钟，室内不知发生什么事，李屏与纽门坐在车内，李屏全身瑟瑟发抖。

纽门脱下外套罩她肩上。"不要怕，兄弟们司空见惯。"

李屏掩住脸，即使惊慌，心里知道这两兄弟会有甯头，江湖上最重要的是讲义气。

终于，大门再次打开，纽扣与助手的高大身形出现在门口，两人摆摆手，表示一切做妥，走近，上车，纽门迅速开车离去。

"如何？"

纽扣把一枚电脑匙交还李屏。"先在漂白水里泡半小时，然后扔厕所冲到大海。"

李屏愧不能言。

"这次很顺利，屋里还有一个度宿的无知少女，眼见他挨揍招供，如梦初醒，那下作东西交出证物，声言没有副本。"

纽门问："真的没有？"

纽扣答："很难讲，只得走一步看一步。李屏，一失足成千古恨，这将是你终身烙印，说不定有一日你竞选本市市长，那些照片，会在报章上出现。"

纽门阻止。"别乱讲。"

这时，连那助手都说："防人之心不可无，会拍这种照片的人，哪里会是好人。"

李屏更是满脸通红不敢吭半句声。

"已警告过那人，他若轻举妄动，起码不见一条腿。"

经过快餐店，纽门买了热可可给李屏。"你搬一次家吧，回去与父母住。"

他对纽扣一句教训也无。

第一，他们并不比李屏聪明；第二，李屏已经得到没齿难忘的经验，不消他俩多嘴。

那天他们有事要忙，洗把脸再度出发工作。

他们到一爿家具店交涉。

店主是一个中年女子，冷笑："终于有人来了，我投诉整月，无人理会，扣下租金，立刻有人关注。"

纽门平心静气。"这位蒋女士，有什么不妥？"

蒋女士把他们带到一个角落，伸手一指。"看。"

一抬头，纽门呆住，天花板墙角漏水，呈锈红色，往下滴，一行一行，像血渍，十分恐怖。

蒋太太说："我如何做生意？客人一见就走，像鬼屋可是，而且，臭味也像血。"

纽门搬梯子检视。

老薛说："看样子要上楼检查。"

楼上也是大众租务的产业。

蒋女士说："你们生意做得很广呀，今日好歹给我一个答案。"

纽门与老薛上楼查探。"管理处，开门！"

没有人应。

老薛更加大力拍门。"不开门，就报警！"

门忽然打开，冲出一个男子，趁他们不防，大力推开二人，夺门而逃，被纽门一手揪住，按倒地上。

老薛大声说："先入屋掌握证据。"

血腥气越来越浓。

纽门心惊，老薛进去一看，立刻掩上门，对那男子说："限你五天收拾干净，并且赔偿毁坏住所修复费用。"

那瘦削男子没命价点头。

纽门好奇，推开门走进屋内。

只见间隔已经拆除，中央放张不锈钢大台，一边有巨型洗手盆。桌上，放血淋淋动物尸体，腥臭便从该处传出。地上，一只胶盆，里边有几只狗头，张嘴咧齿，死不瞑目。

纽门大惊，背脊发汗，胸口作闷，他连忙走出呕吐。

这人竟在住宅内屠宰狗只出售狗肉！

纽门伏在梯间呕吐。

他大声叫："报警，报警。"

老薛一手按住他，对住客说："着这间清洁公司前来收拾，可靠快捷，五天后我再来。"

那男子挣扎说："我也不过听差办事。"

老薛打断他："血水流到楼下，那笔修理费，也算在你头上，你若失踪，我找到地底也把你揪出。"

那人垂头丧气。"不过是几只狗罢了。"

纽门抓住他。"你什么毛病——"

老薛拉开他。"我们走。"

"为什么不报警？"

"何必麻烦警方，不知多少谋杀抢劫案子正待侦查，制服人员一到这里：什么，又是大众公司。我们有什么益处，成立保安部，就是为着处理可以解决的事，华人智慧是大事化小，小事化无。"

纽门不出声。

"浴室里还有好几只狗，血水就自该处漏到楼下家具店，我也是头次见识，以后，连猪牛羊都不想再吃。"

老薛向楼下蒋太太保证免费修理，并且免租半月。

纽门忍不住又想呕吐，老薛取出小扁瓶白兰地给他喝一口。

他把恐怖事件告诉艾珊。

艾珊只回一个"啊"字，然后说："想你，星期五晚上九时在哈哈酒馆见面。"

这样，纽门那颗少年的心才安定下来。

他想着星期五晚艾珊可能庆祝什么，或许，是她生日。

啊，最好选一件礼物带在身上，如果不是，留下候用。

他请李屏帮忙，他记得她说过，最好选项链。

李屏意外："原来，你真有固定女友。"

纽门讪讪不出声，这样的他，特别可爱。

在首饰店挑半晌，李屏问："她可有耳孔？"

纽门肯定地答："有。"

"选这个吧。"手指一指。

店员取出小小两只字母耳环，一只"N"，一只"M"，即把纽门戴在耳上。纽门开心。

会过分吗？也顾不得了，男儿，总要激进一些。

他多谢李屏帮忙，把盒子藏怀里。

李屏一路沉默。

纽门这样安慰她："公司里的同事，都是你兄弟。"

李屏点点头说："周一见。"

临出门时王钻有话说，纽门迟了一班船，他已致电哈哈酒馆，却仍巴不得飞出去。

赶到目的地，迟了半小时，推开门，烟雾中人山人海，围住酒吧柜台，他一眼看见艾珊站在上边唱歌。

怎样形容好呢，艾珊穿一件藕色薄纱紧身裙，半透明，骤眼看如裸体，幸亏重要部位钉着亮片。平时素颜的她今晚化妆，一张脸艳丽得闪亮，身段轮廓丰满玲珑。啊，难怪一些美人会被叫作仙子或妖精，这一刻的艾珊看上去确不像真人。

纽门看得呆了。

她在唱什么？"明月几时有，把酒问青天……"

有人走近，向她轻轻说一句话。

她笑一笑，丢下众人，朝纽门走近。

纽门握住她的手。

她低声说："今天是我生日。"

果然猜中，他们坐到角落，侍者递上香槟。

纽门把礼物交到她手上。

她很欢喜:"你真聪敏。"

打开一看,高兴得"哎呀"一声,连忙摸黑戴上。

"不过分吗?"

"刚刚好,我双耳终于有人认领。"

纽门也猜不到自己会说如此肉麻言语:"我希望得到整个人。"

艾珊微笑,捧着他的脸亲吻。

这时服务员推出生日蛋糕,上边老大 50 两个字。

艾珊啼笑皆非,有人佯装吃惊:"你们都弄错,惹恼老板娘。"扔掉 50,换上 60,众人笑得翻倒。

那夜,她与他跳舞几乎到天明。

回到住宅,两人都累得不能动弹,倒在地上,她还想喝杯热茶醒酒,一看小男伴,已经伏着扯鼾,她也倦极依偎到他身边。

是她先醒转,呵呀,身边有人,得立即梳洗,切莫让少年看到残花败柳之相。女子过了三十岁,不知要修饰多久,花多少心思,才能做到容光焕发。

她先喝半杯浓咖啡,才到浴室照镜子。唉,她颓然低头,先把一层皮肤似的纱衣剥下，再小心用美容霜把残妆洗却，一共抹三次，才走到莲蓬头下淋浴。

在温水按摩下她醒转大半，问自己：把这个大男孩带到家中，为着什么？单因寂寞，简直笑话，若为感情，更加不堪。

请客容易送客难，最悲惨的是她不想他走。

梳洗定当，她再三漱口，把昨夜口气除清，然后换上白衫白裤，深深吸一口气，走出去。

纽门也已经起来，在厨房烘三明治，年轻的他劳碌整晚仍然精神奕奕，说声"早，睡得好吗？"。

她十分庆幸比他早起一步。

纽门笑："我浑身烟酒汗臭。"

她走近嗅他，是，男人应该是这种味道，她贪婪地又深深吸气。

"待我冲洗后出去散步。"

他进浴室，手提电话响起。她一向没有窥视习惯，不关她事她从来不理，但这次不禁看了一眼，短信这样说："囡囡入院，请速联络。"这囡囡，是个女孩吧，呵，确是急事。

她却好整以暇，在电话上做了小手脚，然后，像个少女般，微微笑一下。

半晌，纽门出来，看到短信，大惊失色。

"怎么了？"

"对不起，我得早点走，囡囡是我家老狗，我得赶回看它。"

她有点感动。"那速速走。"

纽门吻她一下，赶出门。

在车上听到奇异的"啜"一声。

咦，这是什么声音，像一个轻吻，性感诱惑旖旎。还未缓过神来，又是一声"啜"。

纽门忽然领会到，那是他手提电话发出的响声，他连忙收听，那边说："是我。"

啊，是她做了小动作，令打出电话用软吻代表铃声，纽门笑起来。

"去办事吧。"她说。

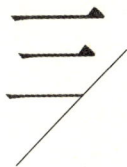

三

对她来说，
世上只得两个颜色，白与黑，
只有两种人，好与坏。

赶到兽医院，发觉亲友比他先到。

大黑狗伏在纽扣膝上，动也不动，另外，舅舅站一旁，一脸愁容，意外的是，苏宝因也来了，低头与兽医商量。

最惨的是纽扣，双眼通红，从未见过他如此伤心。看护向他要狗，他不愿放手，忽然痛哭失声，大家吓一大跳。

纽扣拒绝劝慰，哭得似泪人，像把母亲过身后所有委屈都倾泻了出来。他蹲到角落，头埋膝内，宝因在一旁安慰。

纽门问舅舅："怎么说？"

"狗年龄已大，一定是这个结局。"

"在我家不过数载。"

"捡回时已不是幼犬。"

宝因给纽扣喝水。

王钻忽然低声问："那少女是谁？"

"我们旧时同学及邻居，她在社会福利署工作。"

"可是扣子女友？"

"我猜不是，她只是念旧关怀囡囡。"

王钻轻轻说："从未见过那般清丽的女孩。"

纽门听见舅舅那样说，重新以客观眼光看苏宝因，但怎么看，都不觉是冠军，他心目中美女另有其人。

经过检查，医生表示可以做一个小手术，但只能舒缓呼吸系统，终究，还是……纽扣又哭起来。

囡囡留医，他们散会。

在门外，王钻踏前，向宝因表示要送她一程。

苏宝因看着王钻，有点忌惮，这高大英轩中年男子长得与纽氏昆仲几乎一个相貌，但脸上带一种沧桑，略见憔悴，比起青翠兄弟又有另外一种感觉。他声音很轻，但令人难以抗拒，不过，宝因还是成功拒绝了他的好意。

稍后王钻说："从未听你们说有那样一个同学。"

"她是大学毕业生，此刻还努力进修，道路不同。"

王钻不语。

稍后，他着保安部打探这个少女。

老薛说："他们也这么大了，应该有女朋友，你做娘舅，不宜过度操心。"

王钻微笑。

老薛忽然醒悟，哦，是这样。

他叫手下去查一下。

报告很快到他桌上，他同老板说："这样的女孩得罪不得，泉水一般清纯，只读一所小学与一所中学，成绩甲级进入本市著名大学。父母均为公务员，退休后游山玩水，一家人连非法停车告票也无，一等良民。真是奇怪，一样米养百样人。"

王钻听了也呆半晌，确不好办。

"据社署同事说，她办事热诚勤力，已升过一次，将要再晋位为小组长，在行内有点名气，脾气略僵。对她来说，世上只得两个颜色，白与黑，只有两种人，好与坏。"

唷。

"换句话说，天真得不甚可爱。"

谁会喜欢那样的女子？

"那两个大男孩把她当好友，她对纽门还算客气，待纽扣比较冷淡。"

那日在兽医院，所见她对两兄弟都很好。

"幼时，据说邻居有两个顽童与一只大狗时时欺侮她，用泥巴扔她。"王钻笑出声。

"就这么多了。"

"你很能干。"

老薛得意扬扬："大众公司的保安部嘛。"

一日，宝因照例工作至六时多才下班，走出大门，看到对街一个人在阴雨中向她招呼，那身形像极纽门。噫，莫非大狗终于归天，少年时她痛恨那只黑狗，几次三番想对付它，此刻又不舍得它，人类感情确是奇突。

走近几步，宝因站住，不是纽门，也并非纽扣，是他们的舅舅王先生。这王先生站微雨里有些时候，身上一套麻质西服又湿又皱，他微微缩肩，却有股说不出的味道。

凡出来走的人都知道这王先生有若干背景，做很特别的生意，踩在钢丝上，难辨正邪，但不知怎的，他却有一股忧郁斯文吸引人的气质，比那两个年轻人更有内涵。

没见他时，宝因认定王老板一脸油，大鼻子上架墨镜，狞笑，吸雪茄，戴老粗足金项链，配鳄鱼皮鞋……

但不，眼前却站着这么个人，微微牵嘴角，像纽门般腼腆地笑。

他迎上说："宝因，我恰恰路过，见有雨，来接你。"

讲话语气似已认识她很久。

少女想：这是一贯伎俩吧。

自幼母亲教导：宝因，不要搭顺风车，也不要让人乘你的车，你可以活到一百岁。

宝因摇头。

他却说："囡囡已经回家，现在我们让它在公司出入，多些时间做伴。"

宝因仍然不出声，可是目光却不离开他。

王钻遇到前所未有的滑铁卢，他有点失落，垂头问："可想喝杯热咖啡？"

宝因想：他们家男子都拥有稠密乌亮头发，眉睫特浓，真不知男子要那样卷长睫毛干什么。

这个尴尬时刻，王家司机忽然做了一件很奇怪的事。他下车，打开一把极大的黑伞，遮住老板与苏小姐，免他们淋雨。

终于宝因说："我还得回家读公文，失陪。"

王钻失望："我知你会推搪。"

宝因只得说："下次吧，找纽门纽扣一起。"

"有空你可以来看囡囡。"

"那只狗，样子凶神恶煞般，其实……"

"是呀，不能光看表面。"

宝因微笑："改天见。"

公交车驶近，她摆摆手赶过马路。

王钻惆怅片刻，静静上车离去。

嘿，被女性含蓄轻俏推开滋味奇突，前所未有。

看得出少女对他有若干好奇：会吃人吗？红烧抑或白焓，徒手还是用刀叉？

这叫他啼笑皆非，他不止一次教导两外甥：不可欺侮女性，她们要的，尽可能满足。若不，清心直说，或以物质补偿，嘴巴需绝密。历年众女友有口皆碑，可是，少女还是把他当洪水猛兽。

这时司机问："是否去接叶小姐？"

他想一想。"回家。"

王钻只想好好睡一觉，此刻他觉得自己像纽门他们的祖父。

回到家他大叫一声"囡囡"，大狗走近，一人一狗依偎蒙眬入睡。

第二早起来，腰背酸痛，噫，到底是中年人了。他怅惘，早些日子，蜷着睡也无事。

回到公司，纽门迎上，轻轻说："我爸来了。"

王钻一怔："谁？"想不起。

"我父亲纽大雄。"

"有何事？"

"我也不知，坐会客室有些时候，我与扣子十分尴尬，父子无话可说。"

王钻连忙走进会客室，着人换上热茶，客套一番，又问纽氏车行生意如何。

纽大雄回答："不能与从前比，此刻新车保养期特长，回收价也高，什么都用电脑控制，没有原厂密码，引擎都开不动。"

王钻用"是是"回答。

"有事想请你帮忙。"

这时那前姐夫头脸浮肿，皮色黄黑，多日没有理发、剃须修饰，与往日舒泰有很大距离，恐怕经济有问题。

王钻连忙说："可是资金要周转？"

他叫人取支票簿。

不料纽氏说："不是钱的问题。"

啊，有更麻烦的事。

"那个女人——"

纽门与纽扣怔住，原先以为只有兄弟俩才称呼"那个女人"，现在，为之神魂颠倒的纽大雄也叫她"那个女人"。

发生什么事？

"那女人半年前接来一个年轻男子，说是堂兄弟，她大伯的幼儿，一向在澳洲[1]墨尔本唐人餐馆做买办，奔丧回来，一时寄住纽家，可是几个月不走，形迹可疑。"

王钻听了第一句已知是怎么一回事，他，与两个外甥，也知道这是果，不是因，那女子巴巴跑到纽家，为的是何事何物，路人皆知。

奇是奇在一个有丰富生活经验的老男人一点提防也无，上当后如晴天霹雳。

王钻仍然很客气："你想怎么样？"

"把他赶出去！"

---

[1] 澳洲：澳大利亚。

王钻说："你是屋主，你下逐客令。"

"他比我年轻强壮，我赶他，他推跌我。"

"你可以报警。"

"警察来过，只当是夫妻争执。"

王钻这样说："你的家事，我无权干涉，姐姐已不在，我完全是个旁人，你问纽门纽扣的意见吧。"

纽门先开口："我俩三年前已放弃继承权，今日的事我不想插手，扣子，你呢？"

纽扣接上："你依法办理最好。"

纽大雄看着陌生人般的两个儿子。

王钻说："你先搬出去住，再通过法律程序逐客，若房子仍在你个人名下，一定可以收回物业。"

"他们人多势众。"

王钻站起。"恕我们不蹚这个浑水。"

纽大雄知道找不到帮手，踉跄出门。

这时老薛扬声："出差！大顺三楼有人经营黄色网页。"

纽门与纽扣立刻出发。

在车上，纽门问纽扣："你关心吗？"

纽扣淡漠地答："请客时没有我们，找打手想起我俩，世上有这样的事？成年儿子又怎样帮老父打少妻，社会到底还有若干规矩。"

老薛看他俩一眼。

赶到现场，简陋的设备，几个半裸女子在镜头前演出，那些女子全部超重，起码三百磅[1]，一圈圈车轮浑身肉，化妆成大花脸，不停朝他们叫嚣谩骂。

唉，叫兄弟俩又一次大开眼界。

还得一本正经对租客说："租约上说明是住宅，不可做商业用途——"

归途中纽扣说："如此凄苦生涯，叫人作呕。"

老薛答："扣子说话越来越有意思。"

这时，他们听到轻轻诱惑"嗳"的一声。

纽扣第一个跳起。"这是什么？"

纽门脸红耳赤听电话。

他没注意到老薛脸上疑惑之色。

那天下午，大众公司有不速之客。

王钻接到通报，说一位苏小姐求见，他站立过分匆忙，

---

[1] 磅：英美制质量或重量单位。1磅合0.4536千克。

冲跌咖啡杯子，溅到裤脚。

"宝因，你怎么来了？"

脸色铁青的宝因带着三个中年女子。

她指着王钻说："这位王先生便是你们所住大益楼的大业主，凡事他说了算，你们有什么冤情，今日今时，可以开口了，不必再到社署投诉求助。"

这时老薛进来拦阻。

王钻扬扬手，老薛与助手退出，守在门外。

那班妇女纷纷投诉："王先生，三日两日停电，水喉生锈发黄，老鼠蟑螂密密出没，走廊灯全坏或被偷走，厕所漏水，实在住不下去。"

苏宝因冷笑："王先生会说，你们为什么不搬。"

"搬往何处，一家四口，只得一人赚最低工资，外头租金动辄万字起头。"

苏宝因接着说："既是穷人，就得苦苦忍耐。"

王钻不出声，心内莞尔，这少女不简单，与苦主上演苦肉计，一问一答，相声似的，十分逗人。

众妇人这时说："穷人也是人。"

"房子总得适合人类居住。"

"王先生，你亲自视察便知我们苦处。"

王钻缓缓说："那么，劳驾苏小姐与我走一趟。"

"什么时候？"

"王先生别推搪拖延。"

不料王钻说："立刻出发如何？"

连苏宝因都意外。

王钻接着叫老薛及工程部主管、助手也跟着做记录。

一行人乘十四人车到达大益楼。

说实话，这种楼最好拆卸重建，王钻等的也是大地产商前来收购。维修，不是生意经，但今日，不知怎的，有苏宝因陪着，他的态度大不同。

他同工程部同事说："栏杆、照明、渠管，都换一换。"

"王先生，这一来，租金难免水涨船高。"

"每户加一百好了。"

大众同事吸一口气，老板是怎么了。

他逐层楼与宝因巡上，嘴里说："嗯，找灭虫专家消除鼠患。"

他在宝因身后两步，她已经走得出汗，乌黑碎发贴在雪白后颈，说不出的妩媚。这些年，不断有女子在他跟前做尽狐媚妖惑之状意图迷他心坎，全告失败，但少女无意中叫他一头栽下。

这事怎么发生的，他自己也觉迷茫，只觉宝因，一言一动，莫不可爱至极，他只要看着她，就心花怒放，然而高兴得有点凄凉：王某，你什么年纪怎样身份何种经历，有什么事值得这样沉醉，你莫非疯了不成？

但身不由己，一味跟着少女走。

到了天台，他脱下外套透凉，在密密麻麻电视天线电线间徘徊。

苏宝因说："这里没有互联网及有线电视接驳，居民失却许多资讯，在都会中，什么都讲钱。"少女感慨到极点。

王钻就是在此类地方长大，他摸着旧水泥裂露在外的生锈铁枝，他当然明白。

工程组同他说："王先生，约莫这个费用，我们三年的维修费用全用在这大益楼上了。"

王钻点点头。

大婶们先是笑，然后落泪，然后鼓掌。

王钻转过头说："宝因，大众不是奸商。"

苏宝因怔住，没想到短短一个上午几个钟头就解决萦扰苦主整年的烦恼。

"我们告辞，"他同老薛说，"大家老地方吃饭。"

宝因心想：这次倒是没叫我一起。

大婶们上去千恩万谢。

宝因看着他们离去。

不知怎的，这一刻的王钻比平时又斯文一点，平时江湖客的戾气几乎完全消失，他眉宇间有一丝无奈。

在车上，老薛轻声问："工程几时开始？"

"今午，明晨，越快越好。"

老薛知会工程部及会计部。

隔一会儿他说："人有时真奇怪。"

王钻微笑："我知道，明知一点结果也无，却晕头转向一头栽进。"

老薛赔笑。

那天晚上，苏宝因做了一个梦。

她梦见王钻在她面前，近得可以闻到气息。

他看着宝因。"未知苏小姐满意没有？"

宝因一怔，提高声音："我？我满意，不，不是我，而是你与租客，你是业主，有道义善待租客。"

这时王钻轻轻说："宝因，这宗善举，无论如何，要计算在你身上，若非为你，我才不会走这一趟，花这笔庞大维修费，你若不愿承担，那就算数。"

宝因气愤："我如何承担？"在梦中与他吵起来。

"因为你做中介，大益楼得以维修。"

"你简直是黑社会！"

王钻想一想。"这样吧，这是你的面子，将来要还。"

宝因惊异："好不无赖。"

"我可以不予说明，但是聪敏如你，也一定知道，凡事必有代价。"

"代价是你做妥分内之事，心安理得。"

"宝因，你带着一群妇女到大众投诉，也因心中有三成把握，你知道我喜欢你。"

宝因握住拳头。"嘎？"

王钻忽然自怜："算了，与一个少女斤斤计较没意思，维修工程一月内完成，一班大婶可安居乐业，你会成为社署投诉典范。"

这时，宝因被闹钟惊醒，一身冷汗，怔怔作不得声。

那边在办公室，王钻对老薛说："下不为例，生意人有规矩，社会低下层居住问题不是我们的责任。"

他叹口气。

老薛唯唯诺诺。

老伙计心里嘀咕：那少女，除出天真冲动，一无是处，不知怎的，老板满心朝着她，百般迁就，她目的达到似乎还不领情。

"这是一笔近八位数字的维修费。"

王钻轻轻说："收购时抬高些价好了。"

老薛噤声。

当事人心甘情愿就是值得，每个人都有交邪运的时刻。

老薛找纽门。"下班后到施他佛道你们住所楼下乙座去看看。"

"什么事？"

"户主投诉有人强占他寓所不走。"

"可是三房客？"

"租约定明不准分租，所以他只是说强占。那里算是上等住宅，大家客气些。"

下班纽门纽扣两兄弟去敲门。

里边传来娇吆："我不会就此搬走，是，我非要闹得全市皆知！"

纽扣在门外说："这位小姐，我们是大厦管理处，租户凌先生投诉你强占住所，我们想听听你的苦衷，可以进来说个明白否？"

过了一刻，大门啪地打开。

那是一个艳女，披着一把纠结不清橙黄色长鬈发，尖脸，大眼，上胸异常丰满。

她看到两个英俊年轻人也是一怔，没想到保镖打手如此斯文。

纽扣出示证明文件。

她让他们进屋。

怎样形容呢，室内间隔与两兄弟住所相同，但装修多用粉红色及水晶玻璃，十分香艳，一看，就知道当初是他为她设计的香闺。

不过，今日，他要她走。

纽扣轻轻说："这位小姐，凡事勉强没有意思。"

谁知女子一听便炸起来："我强奸他？嗄，我有本事按牛头饮水？！"

她抄起花瓶花盆便摔得稀巴烂，号啕大哭。

纽门脱下外套，紧紧裹住她。"不要激动，有话慢慢说。"

纽扣也问："究竟是怎么回事？"

"霎时间另结新欢，立刻要叫我走，好让那女人搬进这里，叫我走到什么地方去？"

纽门觉得可悲，统共不过租来的一间公寓，业权不属于他，也不属于旧爱，或是新欢。

她哭诉："我上当了，他说他是业主，随时过户给我。"

不料纽扣附和："不错，你上当了。"

她哭得更加厉害："竟把我当房客……"

一言提醒纽扣。"噫，可有租约？"

"什么租约，没有。"

"房客也有权益，二房东如要逐你，需赔半年租金，差不多四十万现金。"

女郎止泪。

那边纽门已经与租务部通话。

女郎忽然说："不够。"

纽扣轻轻劝："闹出去所有男人都会怕你，又有什么益处，不如收拾细软离开是非之地从头开始。"

这几句话像当头棒喝，女郎怔住，缓缓坐下。

那边纽门放下电话。"凌先生立即赶来与你谈判。"

女郎说："我不要见他。"

"他说他带着支票来。"

"这么急要赶我走，当初也是那么急要我搬进来！"

"小姐，你就别再记得从前的事了。"

那女子先是一怔，忽嫣然一笑："是，你俩说得对。"

她根本不丑，止哭为笑，恢复三分本相。

门铃一响，她连忙补妆，再转过头，与十分钟前判若两人，呵，似个会变脸的妖精。

门一开，一个中年男子走进，掏出支票，放下，这样说："走，再加十万。"

那女子竟这样说："我这分钟就走，请再加五万。"

"一言为定，你何不早说，我还以为你爱我要缠死我。"纽门听了只觉凄凉。

但各人反应不同，纽扣却笑出声来。

这宗纠纷，就此解决。

这凌先生也好，相当爽快。

女子取过支票挽起手袋。"我马上走，你请找人换门锁。"

凌先生啧啧称奇："你们用的什么办法？！"

纽扣忽然丢下一句："下次，恐怕没这么幸运。"

兄弟俩功成身退。

途中，纽扣嘀咕："金钱统治本市。"

纽门冷笑一声："你说什么？"

"你反对这看法？"

"金钱统治世界。"

过两日，苏宝因接报：大益楼维修工程进行得如火如荼。

她过去一看，果然，连大厦外墙都正在粉刷，六层高旧唐楼四十二户人家欢天喜地。

但是她老做那个梦：王钻要把账算在她头上。

终于宝因找到纽门。"一起吃顿饭好吗？"

"我不想再打扰苏伯母。"

"不，不，到外头吃，你们三人一起。"她想见真实的王钻。

"三人？舅舅不一定有空。"

宝因心想：不，他会抽空。

"我尽量问一问。"

那夜，宝因又梦见王钻。

他更加大胆，在宝因身后抱住她。"这是你偿还的时候了。"

宝因急得满脸通红，挣扎。"你胡说，出钱维修名下房屋是业主责任。"

"你怎样报答我？"

"你这只豺狼！"

宝因惊醒，心扑扑剧跳。

到了时间赴会，三个男宾比她早到，一见她齐齐站起，三人都穿深色西服，高大英轩，煞是好看。

豺狼？不，不，不像。

他们坐在一间舒适小房内，侍者进来侍候。

宝因叫了几个菜，纽扣提醒："舅舅不喜吃豆腐。"

沪人指吃豆腐为嘴巴占女子便宜，王钻有点尴尬，他们三人都笑起来。

宝因看着他们，虽然吃偏门饭，却不似江湖人物，三人的西服以王钻最宽身，皱皱的添一分憔悴，纽扣的最窄，露出美好身段。

四人都吃得不多。

宝因好像想用一桌菜肴偿还，但不是那么容易，结账之际侍者说王先生已经付过。

王钻微笑："三个男子怎么好让女孩请。"

宝因怔怔的，不知说什么才好。

纽门说："我记得苏伯说过喜欢吃红烧肘子，叫了一客让你带回。"

宝因见他们如此周到客套，仿佛没有任何企图，自觉做了小人。

连纽扣都正经斯文，不再是从前那个顽劣小童。

就在这个时候，有人推开侍者闯进房间。

宝因只看到一双鲜红色亮漆皮六七吋高跟鞋，鞋头打满尖钉，一踩可以踢死人。

谁？

接着一阵脂粉香，娇声呖呖，佯嗔："钻，我找得你好苦，你竟不听我电话。"

话未说完，那女子已经走到王钻身后，不管多少旁人看着，低头俯身吻他额角，指甲涂着花纹的手，伸到王钻衬衫底下，抚摩他胸脯。

纽扣忍不住笑，纽门连忙转移目光，宝因瞪着眼，只想看个究竟，也管不得礼貌。

只见王钻把女子的手甩开，站起来说："我们再约。"

"唷，这可是你说的啊？"

拉拉扯扯，才离开房间。

宝因想：积习难改。

被那女子一搞，饭席就这样散去。

纽门负责送宝因。

在车上她说："女子是应该大胆些。"

纽门答："已经比我们更猖狂，试问男人在公众场所看到女友，可否探手摸胸？"

宝因忍不住笑。

"简直是非礼嘛，警员立刻赶到，可见今日女性胆大妄为。"

送到家，看着宝因抱着一包食物上楼。

最彷徨的是王钻，好不容易制造好印象，却杀出旧女友破坏好事。

他有点心灰意冷。

第二天下午，相熟理发师上门替他剪发，他问："莉莉，你怎么看我？"

"英俊、潇洒、大方、磊落，男人中的男人。"

王钻听得十分舒服，但随即说："你不算，我们是老友。"

莉莉小心翼翼替他修剪鬓角。"你若向我示意，我愿短三年寿命。"

"我真有那么好？"

"有口皆碑。"

王钻苦笑。

"两个男孩也剪一剪吧。"

"他们出去了。"

纽门在哈哈酒馆，酒保病了，他做义工，忙了整晚。

艾珊感激，百忙中走过，不忘轻吻纽门脸颊。

纽门说："不如我过档与你合作。"

"少爷兵，不要你。"

他俩都没看见一个貌不惊人的男客偷偷用手机拍摄他俩。

照片传出。

收件人是老薛。

他看到照片一怔，这么眼熟，如此漂亮，这是什么人？

他把电脑档案里江湖女子照片找出逐一核对。

答案来了，老薛吓一大跳，沉吟，终于拿着照片去见王钻。

他把两张照片放在王钻面前。

王钻一看："咦，这是纽门，一脸陶醉，笑意盎然。他身边是什么人，女友？啊，有点年纪了，恐怕不止三十岁，真没想到纽门喜欢成熟女性。也罢，小女孩喜闹情绪，要男友侍候——"他忽然看出苗头,住声。

他再看另一张照片。

王钻的讶异不在老薛之下,他把两张照片对比,一张虽然年轻,但很明显是同一人,两女额角发线都是美丽的"M",错不了。

"老板,"老薛开口,"这女子叫程秧,记得否?"

"司徒军的情妇。"

"一点不错。"

"今日,司徒还在狱中服刑,我记得他被判十二年。"

"正是,老板我们应该怎么办?"

王钻一额汗。"这事如何发生,谁介绍的他俩?"

"女子经营一家甚受年轻人喜欢的酒馆,纽门是客人之一。"

"他可知她身份?"

"我猜不。"

"老薛你如何起的疑心?"

老薛答:"一日,纽门的电话响起,铃声是——"

王钻电光石火间想起,接上去:"一声叹息。"

"不,是一个响吻。"

"可恶，竟把这种狐媚之术用在小青年身上。"

"当年人人都知道司徒接那个叹息电话时特别兴奋。"

"她看中纽门什么？"

老薛不作声。

王钻又看中那叫苏宝因的少女什么？

年轻、天真，紧绷皮肤，无瑕疵无烙印的心灵，毫不藏秘的感情……一路可以数下去，换句话说，是所有中年人曾经拥有但不知不觉失去的美好素质。

王钻吸口气。"把纽门叫回来。"

"他还有一天假。"

"说我卧病垂死，叫他返回奔丧。"

"是，老板。"

王钻忽然想起。"扣子呢，他又与什么人在一起？"

"一个叫贝贝的小歌星。"

王钻叹口气："这倒罢了。"

老薛想笑又忍住，这是什么家教，胡混无所谓，认真要听训斥。

不过，那不是纽门可以认真的对象。

纽门被追了回来。

他回到舅舅大宅，囡囡嗒嗒走近，老态毕露，毛色转暗，斑驳不齐，他搂着老狗。

王钻叫他坐，他不再兜圈转弯，把照片给他看。

"你认识艾珊？"纽门意外。

"小子，她不叫艾珊，她本名程秧。"

纽门一怔，知道有下文，不过，艾珊也许是她英文名，况且，一朵玫瑰，无论叫什么名字，也一样芬芳。

"小子，这程秧今年四十二岁，足可做你母亲。"

"舅舅为何一直叫我小子？"

"你不是小子是什么？你喜欢二十多三十岁小姐姐，我无话可说，但那样的老师母——"

"舅舅，我私事与你无关。"

王钻冷笑。"果然，稍不遂意，忤逆的话就出口了，与我无关？你我骨肉相连，你亡母是我长姐，你一切与我有关，你子女得称我舅公，生生世世脱不了关系。"

纽门不出声。

"你可有听过一个人叫司徒军？"

"没听说过。"

"这程秧是他情妇，他如今在狱中，对外情况了如指掌。

我们大众不过是一家地产租户公司，但求吃口太平饭，拜托，别去惹大鳄。"

"这还是个法治社会。"

"你以为！"

"照你说，该怎么办？"

"立刻断绝来往。"

纽门想一想。"我做不到。"

"戒毒也要做到。"

"舅，我喜欢她，只有见到她，我灰色的情绪才得到些许明亮，自从母亲辞世，只有与她在一起才有笑意。"

少年如此率直，这不也正是王钻他喜欢苏宝因的缘故。

"舅，你不必再劝。"

"纽门，你当心人身安全。"

纽门笑笑："我懂得保护自身，放心，舅，我不会牵累大众，我可以辞职。"

难以置信。

"纽门，那是一只妖精。"

"So？"（所以呢？）

王钻气得跺脚，刚好李屏进来，王钻朝她炸起来："我说过多少次大众员工不准染发！快去染回棕黑，否则放半年大假。"

李屏连忙退出去警告各同事。

王钻咆哮："把这忤逆子锁起。"

纽门觉得好笑："这不是真的吧。"

话还未讲完，已经被老薛捏住咽喉拉出。

纽门挣扎。"这是干什么？"他呛咳，"大众是黑社会？地板下埋着叛徒骸骨？"平时沉默的纽门吆喝。

老薛拉他到杂物房坐下。

"你不知事态严重，男人最恨被女人背叛。"

"谁会等谁十多年？"

"那是另外一件事。"

"老薛叔，或许他们已经分手。"

"分手也不会让给别人，纽门，你喜欢成熟女性，我有三吋厚照片簿给你挑。"

"老薛叔，她的温柔——"

"那是她的看家本领，借以谋生，多年来练得出神入化，正如我俩一脚踢开大门一般。"

纽门坐在地上，渐渐悲哀，年轻的他终于忍不住，落下泪来，过一会儿他说："又怎样？"

"你舅舅对你有期望。"

"我不要学他，我已辞职。"

"仓促间不要说伤害长辈心的话。"

"那么放我出去说再见。"

"这是你的电话。"

老薛缓缓站起，离开杂物间。

纽门以为他被锁住，直到外边众人下班，声音静下，大灯熄掉，他站起来找水喝，顺手扭门柄，门轻轻打开。

没人锁住他。

只不过叫他冷静半晌，然后，已满二十一岁的他要为自身行为自负责任，他不再是孩子了。

走到街上，一阵冷风把他吹半醒，即便母亲还活着，也不能打扰她抱她腿，意图请她相帮解决难题。

他乘船返回哈哈。

艾珊迎上。"我以为你有急事。"

纽门把她拉到角落，捧起她的脸，深夜，妆有点糊，给他一种曲终人散的感觉，他不停轻吻她粉颊，啜啜连声。

她笑："这是干什么？"

然后看到他眼睛里去，这纽门，眼中忧郁神色比平时又重几分，那艾珊何等聪敏机灵，自小跑江湖的她借此活命，她立即明白发生什么事。

她轻轻问："他们告诉了你？"

纽门心酸地点点头。

"我无法改变我的过去，你要是真不放心，我不会痴缠。"

"将来——"

她在他耳畔说："我不大谈将来，这是你我不同之处。"

"我已辞工，随你在哈哈落脚。"

"我欢迎你的决定。"

纽门把她的手放在腮旁不放。

艾珊轻轻在他耳畔说几句，纽门点头，出门往她寓所。

这是他吗？一路上想，这一去，他便不折不扣成为她的小白脸，一个小玩意儿，不知几时谁腻了谁，二人又不知何去何从。

纽门心如刀割，一味在街上游荡。

不过，也不用溜达多久，有人代他出了主意。

他听到身后有噗噗脚步声，他已够警惕，转过身子，那人是高手，他已经来不及，头颅上遭到重重一击，他仰躺倒在地上，失却知觉之前，看到天空上一轮满月。

这个狙击他的不知名凶手，代他做了决定。

醒来之际，他听到啾啾哭声。

谁，他还在人世间吗？

睁开双眼，原来是李屏，全无化妆，苍白的面孔，双眼比平日小许多，已哭得红肿。

纽门挣扎，只听得李屏呜咽："我害了你，你为我出头，遭人寻仇。"纽门想挣扎坐起。"不，不——"

有人推门进来。"醒了，请医生。"

是老薛与扣子。

老薛对李屏说："你已守了整夜，回去休息吧。"

李屏推辞："不，我不放心。"

"跟你说不关你事，去，去，别哭丧一张脸。"

"那我回去煮锅白粥。"

她终于离开房间。

老薛蹲到纽门面前，压低声音："凶手是谁？"

纽门摇头。

"医生说头骨碎裂，生死只差一线，身边财物不缺，猜是寻仇。你昏迷淌血倒在路边，被垃圾车司机发现，送医院急救。"

"我没看到凶手。"

"你平时也练过武，反应敏捷。"

"猜想有二人，脚步声故意自一边走近，狙击者在另一边。"

纽扣不出声，站到窗前。

警察前来录口供，纽门照实说出经过。

"是仇家吗？"

老薛代答："租务公司保安部积怨甚多。"

"叫他自己讲。"

纽门只得再说一次："租务公司保安部时时需下逐客令，积怨甚多。"

警察走了。

纽门提了一个奇怪的要求："镜子。"

"男人老狗，照什么镜子。"

"给我。"

这时苏宝因进来，自手袋取出一枚化妆小镜，递给纽门。

纽门一照，心都凉了，镜子落地，他惨叫一声。因为镜中人面肿若猪头，五官被淤血堆到一堆，分不清眼睛鼻子，整个头缠着纱布，半人半鬼，这时他浑身疼不可当，叫出声。

宝因把他搂在怀中。"嘘，嘘。"

纽扣说："你怕什么，没人要你，宝因要你，是不是，宝因？"

宝因居然答："是，是。"

纽扣叹气："大家都以为这个人会是我，没想到闯祸坏是纽门。"

"这种时候，你就别说这些了。"

王钻没来看纽门。

另外一个人也没来。

这两个人，可能一早预知有这样的结果，故此避不见面。

李屏过来了。

她看也不看宝因，走到床边，一掌推开，叫宝因一个跟跄，纽扣连忙扶住。李屏不招呼，不道歉，自顾自斟出白粥，把碗递到纽门面前。

宝因当然明白这是怎么一回事，她不会在这一刻计较。

纽扣把她拉出病房。

原来王钻在外头与医生说话。

宝因问："你不进去看纽门？"

王钻气得面孔煞白。"让他躺医院休养思过好了。"

他转身吩咐老薛："看样子我俩得走这一趟。"

他与老薛到哈哈酒馆见女主人。

酒馆伙计知道两人不是善类，王钻虽然斯文，但眉宇间一股煞气，老薛更不用说了，六呎[1]六，三百磅，像一座山，守在门旁。

艾珊缓缓走出，轻轻说："请坐，喝什么？"

王钻朝她欠欠身。"你还不知道纽门现况吧，程小姐？"

艾珊吁出一口气。"我就知道是你。"

王钻把手提电话按着，递给她看。

那是纽门昏迷不醒手术后插着管子的景象。

艾珊悚然动容。"啊。"她美丽五官扭曲，双手掩脸，异常惊怖，"他——"

"总算捡回一条小命。"

"我以为他不告而别，是什么时候发生的事？"

王钻回答："星期日凌晨，今天星期三，程小姐，你难辞其咎。我王某恳求你放过这无知少年。"

"王先生，我毫不知情。"

---

[1] 呎：英美制长度单位，即英尺。1 英尺合 0.3048 米。

"你不知，司徒氏是知道的吧。"

"我本来无须向你交代，我与司徒已一刀两断，再无关系。"

这时酒馆保镖已经走近，站艾珊身后。

王钻说："或许，司徒一时不开心，给你警示。"

"他一言九鼎，不会反口。"

"程小姐，你们之间协议，其他人不知悉，我只恳求你一事，纽门他一年内需要戴头盔保护修补过的颅骨。为你，他差些做了路倒尸，你若顾念他一点点好处，请放过他，不要再见他。"

艾珊一张脸煞白，毫无血色。

王钻不再多话。

终于，艾珊这样说："你是家长，我明白你的苦心。"

王钻以为她要拒绝，但没有，她平静地答："不管这事是否与我有关，我答应你，以后不再与纽门见面。"

王钻立刻鞠躬。"谢谢你。"

艾珊转身。"送客。"

她站起，这时王钻才看到艾珊臂上那条细细青竹蛇文身，蛇芯血红吞吐，像活的一般，好不骇人，他发誓看到小蛇在雪白臂上转了一圈。

走到门口，老薛叹气："妖气冲天。"

"但是，也不得不佩服，她驻颜有术。"

"到底多大年纪？"

"四十二岁，比我俩都大。"

"真有本事。"

"她会否履行诺言？"

"走一步看一步。"

过两日，大顺楼三楼走廊发生小火灾，警方与消防员到达时，居民已联手扑灭火头。

王钻与保安部赶到，只见通道熏得漆黑，处处密不通风不见天日，后楼梯已改为浴厕，倘若真有大火，不堪设想。

住客异常鼓噪，王钻只得安抚："一定做出合理赔偿，搬迁或续租均可，大厦将翻新维修。"

纽扣在一旁看着，深觉做殷商或奸商都不容易。

回转公司，王钻与手下开会："我觉得疲倦，我想退休。"

同事们面面相觑，俗云树倒猢狲散，他们又得另外找工作，忍不住沮丧。

老薛赔笑："没想到钢铁般的老板也会闹情绪，想当年，与旺区两帮人马争购旧楼，运筹帷幄，安排妙策，手到擒来。"

"你说的，是当年。"

"余下的事，各部门自然办妥，你放心。"

王钻神态怠倦，非比寻常，散会后，他缓缓问："纽门怎样？"

"年纪轻，复原进度迅速，下周可以出院，李屏衣不解带在医院陪他。"

"怎么会是李屏？"

"李屏成熟懂事，我觉得不错。"

王钻答："我累得不像话。"

秘书进来说："苏小姐找。"

王钻又跳起。"快请进。"精神又十足恢复。

老薛啧啧称奇，到底还是壮年人。

宝因气色不比寻常，她简单诉说母亲在厨房摔跤，初时不怎样，过两日反而起不了床，看过医生，给了药，不但没好转，整条腿变色……"家中没有壮丁……"

王钻镇静吩咐："老薛，请刘医生立即到这个地址。"

他们赶到苏宅，与刘医生在门前会合。

进门，只见苏伯急如热锅上的蚂蚁，一见女儿，松口气，拉住手。

医生沉着，检查过后，轻轻说四个字："立刻入院。"

苏妈还想支吾，王钻二话不说，用毯子裹起她，双臂一振，抱在怀中。"请让路。"

一径抱苏妈上车，命老薛开车。

老薛见老板如此卖力，当然不敢怠慢。

走进医院，秘书已在办入院手续，护理人员接手，立刻推苏妈进去做扫描，结果极速出来。"病人骨折，延迟一天再不做手术，恐怕要截肢。"

苏宝因悔恼得浑身颤抖。

苏妈反而安慰："没事没事，来得及。"

移送病房，秘书做得很好，静寂私人房，但不是特别豪华的那种，舒适不夸张。

苏妈担心替换衣服，秘书神通广大。"已经叫人去办，先洗一遍，干了拿来。"

接着安排手术。

这一切手续，王钻手挥目送，迅速办妥。

苏先生与宝因郑重道谢。

王钻一句话也无，只是微笑。

医生向父女报告："部分肌肉已经坏死……"

他俩到五楼探纽门。

他准备出院，换上运动衣，戴着护盔，像英式足球手，正与李屏下棋。

看到王钻，他喊舅舅。

王钻颔首。

"闷死人。"他说。

老薛说："有可人陪着还嚷嚷。"

李屏不出声，她一直认为纽门为她受伤。

纽门也说："这些日子，难为李屏，我最喜欢吃她做的日式牛肉饭。"

"几时出院？"

"明天或后天，舅，可有查出凶手？"

老薛代答："已在侦查。"

王钻道："我得回去眠一眠。"

老薛要回公司，留一个秘书帮苏家忙。

那边苏妈同女儿说："纽门真像大人了。"

"妈妈那不是纽门，那是他舅舅王先生。"

"啊，两人真像。"

苏妈平安度过手术，但行动不便，休养期不短。

第二早，纽扣接纽门出院。

走进病房，看到护士正替他检查伤口，头盔纱布除下，看到斑驳不齐短发，头顶齐发线一条大疤，无数缝针，像被古印第安人揭过头皮似的，看着汗毛凛凛。

纽扣心酸。

他走近搂着纽门的头，依偎一下，世上只剩他们兄弟俩了，扣子捧起他哥的脸，只见他瘦了一整个圈，双眼更大，一脸胡子，扣子大力搓他脸。"你左右脸颊不对称，你破相了，但是不怕，李屏要你，是不是，李屏？"

扣子像是最怕他哥没人要，一见女孩，努力推荐，连看护都笑出声。

看护替纽门换一具头盔。"睡觉亦最好戴着，万事小心，这是复诊时间。"

他可以出院了。

李屏让他穿上一件深色宽大帽斗外套，遮挡不必要眼光。

纽扣问："回何处？"

李屏答："王先生说是他那里。"

纽门说："不，回自家寓所。"

纽扣看着李屏。"你也搬过来吧。"

原以为李屏会瞪眼，谁知她一口答应："我暂住客房好了。"

纽门经过检查，不幸中大幸，视觉言语与四肢活动均无问题，只是脚步有点浮。

到了家，竟有回魂感觉，熟悉又陌生，感慨万千，静坐一角，小老头似伛偻着背脊，毫无笑容。

李屏看着心痛，蹲到他面前。

纽门比她先开口："你回去吧，待在这里久了，得不偿失。"

李屏握着拳头。"我没想过得失，非等你痊愈不可。"

"这样吧，你把工作搬这里做，晚上回去。"

李屏暂且应一声。

纽门做他认为最重要的事，住院超过半月，他与她久无联络，他寻找她。

电话上已听不到那声轻轻的"啜"，她的电邮已经取消，电话号码不通。意图明显，她不想再接触他。

纽门一颗心沉到底。

晚上，他做梦，看到她站在窗前，不过，她转过头，却是年轻时的妈妈。纽门惊喜流泪。"妈，这些日子从来没见过你。"母亲秀美如少女，轻轻抚摩他的伤口，又拧他脸颊。"大儿，你要好好做人。"纽门忍不住哀哀哭泣。

醒来天已亮，趁李屏还未报到，他梳洗更衣出门去找心底人。

到了哈哈酒馆，抬头一看，发觉招牌已经更换，它此刻叫作英仙座。

店也有命运，一些铺子是百年老字号，从一而终，这家酒馆却历尽沧桑，换了一个名字又一个名字。

他推门进去，人家还未开始营业。

一个金发女子迎上。"小哥找谁？"普通话流利，"我叫奥桑娜，此刻由我打理酒馆。"

听名字知是乌克兰或俄国人，竟流浪到南国主持酒吧。漂流一如浮萍。

纽门坐下，掀开帽斗，他没戴头盔，对方看到那道超恐怖疤痕，一怔，主动给他一杯啤酒。

纽门问："生意好吗？"

"托赖，人龙晚晚排到门外。"

纽门又问："以前伙计可有留下？"

"全部解散，此刻都是我班底，女侍应全部金发。"

纽门还想提问，被她截住："你找谁？"

"我找艾珊。"

"没听说过，酒馆由中介代我接洽，全新装修，我特别喜欢灯光，换了地毯，就开始营业。"

"为何开酒馆？"

"因为开心，喝上几杯，世界美好。"

"你说得对。"

他放下大钞，站起离去。

"喂，不用这么多，我请你。"

他没有回头，轻轻叹息。当日便乘船回家。

他甚至没去看他遇袭倒地的地方。

过几日，王钻亲自接苏妈出院，他调配一名司机，专门接送苏妈做物理治疗。

苏伯这样说："真惭愧，无功不受禄。"

苏妈比较机灵："他是追求我们宝因吗？"

"啊，他年纪比宝因大许多——"

"宝因可喜欢他？"

真是，最要紧是这一点。

"这位王先生，可是吃偏门饭的人？"

"华人口中的士农工商，生意人排在最末，但时势不一样，从前最为社会看低的戏子、歌手，现在都被抬至天高。"

"表演艺人没有害人。"

"咄，也可以说他们荼毒青年思想。"

"你是偏帮王先生。"

过两日王先生偕医生到苏家探访。

医生宽慰，边检查边说："万幸。"可见当时凶险。

苏妈把一张支票交给王钻。"我知你代支医药费，但我们——"

颇意外，王钻并没有推来搪去，他把支票收好。当然，兑现与否，在于他，不必啰唆。

苏妈忽然低声说："王先生，你怎样看我家宝因？"

王钻像是小偷被抓个正着，脸红，他摸摸双颊，啊，这张厚皮厚肉老脸还会怕难为情，奇怪。

他镇定地答："宝因是我们的朋友，她与纽门纽扣一起长大，两家是邻居。"

"王先生你多大年纪？"

"三十九。"

"比我小三岁。"苏妈很有深意。

王钻不在乎。"大家都是中年人。"

苏妈说:"宝因性格耿直、单纯、爱恶分明、不擅拐弯,你可愿意迁就?"

王钻但笑不语。

"我们是希望女儿正式结婚成家,养育子女——"

这时苏伯走近。"你讲那么多干什么,宝因就是嫌你唠叨才搬出去住,你还是没完没了。"

苏妈噤声。

怎知王钻忽然表明心迹:"我喜欢宝因,我欣赏她真挚的性格,如果她对我有意,我俩可以在一起,我一定事事以她为先,爱护疼惜她。但此刻她对我不过像好友,我不打算催促,顺其自然,即使一无所得,也毫无抱怨,见她生活得好便心足。"

苏妈忽然流泪,比这更好的承诺是没有的了。

苏伯说:"王先生,我送你出去。"

在门口,他大力拍打王钻的肩膀。

王钻低头离去。

他从未如此委屈,也未曾这样满足。真是贱骨头,他揶揄自己。这段日子，已与所有艳女伴失却联络，她们愤慨地说，王钻快出任红衣主教。

回到公司，会计部对他说："王先生，上月你只支过一千元零用，信用卡零负债。"

呵，原来那些女郎每月叫他花费达数十万。

"有两笔医药费。"

"苏氏那笔是我私人账目。"

"明白。"

老薛进来说话，王钻问："两兄弟呢？"

"巡楼去了，带着两个员工，换灯泡修水管补天花板，一见小洞，立即修补，不等大洞叫苦。还有，忽然觉得旧楼天台可以种植绿化，实验用一呎深土壤种草本植物——"

"神经病，压塌天台，兼漏水虫患。"

"工程人员看过，认为没有问题，居民大感兴趣，打算齐心种植瓜果自用。"

王钻呻吟："可否什么都不做，光是放租？"

老薛赔笑："年轻人有创意嘛。"

"你纵容他们。"

"嗳，看着西红柿如一颗纽扣大长得拳头那样鲜红饱满，不知多开心，公司女同事打算在天台试种薰衣草。"

那天下午，他到天台上站半晌，嘿，薰衣草。

城市无比烦嚣，车辆接踵慢驶，烟霞密布，看不到蓝天，白天一片灰蒙蒙，晚上更可怖，灯光反映成橙红色。

薰衣草……

正意兴阑珊，忽然苏宝因电话找他："一起去吃牛肉面可好？"

他高兴得心酸，心甘情愿被少女牵着鼻子走。

年轻的纽门比他小舅更忧郁，多日提不起精神好好梳洗，一脸须，浑身汗毛、汗腺臭。

扣子嫌他，连老黑狗囡囡都不愿接近，只有李屏毫不介怀。

一句"李屏不化妆更好看"之后她是很少浓妆，仍忍不住抹口红，十分有性格。

一个周末上午，纽门慵懒，不愿起床，李屏拉扯他。"到大富楼天台收摘蔬果，做新鲜沙律[1]。"

纽门仍然懒洋洋。

---

[1] 沙律：沙拉。

"我替你刮胡子。"

纽门说："囡囡最近不愿动,有时吃了会吐。"

"它最贪食,这还不苦了它。"

"狗的生命有极限,最近这几年,它与小舅一起生活,若有三长两短,小舅不知如何应付。"

"王先生是铁汉。"

"你以为。"

胡子刮干净,她小心替他理发。

忽然问:"纽门,说,你喜欢哪种女子?"

纽门不假思索:"要爱我的女子,不爱我条件再好有何用。"

李屏笑。

纽门不笨。

"李屏,说说你自己。"

"有什么好说,乏善足陈,家境普通,父亲是小洋行书记,收入少,架子脾气都大,动辄发脾气,叫母亲难做人。两人均拿我姐弟俩出气,小弟中学毕业远走荷兰做学徒,一直没有回来。我自中学出来,晚上读商科,还好在大众找到一份工作,一做六年。是,我比你大,也比你吃苦。"

纽门不出声,他想都没想过有人比他更苦。

"周末我找兼职，穿低胸小背心与短裤在旺区摆摊子宣传化妆品，大声叫嚷招揽生意。一日，被老薛叔看到，大惊，押我回公司谈判，升我做助手，免我抛头露面。"

纽门轻轻握着她的手。

"我是大众老臣子，看着大众一步步做起来，到今日地步。我比谁都沉得住气，平日老薛叔责骂，只当耳边风，嘴里一边唯唯诺诺，自己都觉好笑，哈哈哈哈。"

纽门吁出一口气。

"不必替我难过，卖艺不卖身，已算万幸。我一生最倒霉的，是遇到那个无耻向我勒索的男人。"

纽门说："不是他，老薛调查过，那人最近与一富家女火热，该是他怕你，不是你怕他。"

李屏大声咒骂一会儿。

如此率真，倒也难得。

纽门终于答允去天台花园摘果。

一到天台，不但不觉炎热，反而清凉，瓜果的自然香气，叫人心旷神怡。

李屏欢呼，又舍不得摘取，只挑几枚西红柿青瓜，开心到极点，用水龙头冲洗一下，就咬着吃。

纽门看着也微微笑。

晚上，小青年做梦，听到电话响，"唿"的一声，他挣扎跳起，找到电话。"是我，你在何处？我马上来。"那边没有声音。

他继续问："你在门口？"扑去开门，但门外无人，他急得流泪，一直问："你在什么地方？告诉我。"再也没有人应。

然后，电话再次响起，纽门才知道刚才是做梦。

是舅舅的声音："立刻下楼，我在车内等你。"

这时天蒙蒙亮，下微雨，他连忙套上卡其裤与外套，拿一瓶矿泉水，一边漱口一边喝两口。

王钻在车边等他。

老薛一把将他拉入车中。

纽扣原来已坐在一角，面色墨黑，默不作声。

四

原来生命就是失去，
逐一逐一我们失去最珍贵的一切。

一车四人在直升机坪停下。

　　他们鱼贯走上直升机，噗噗上升飞出，这么急，往何处？

　　王钻忽然说："扣子，你来讲。"

　　扣子却不出声。

　　"老薛，你说。"

　　老薛吸一口气，老板吩咐，只得从命。"邻埠边界街一七一号三楼发生命案，现场发现三具尸体，死亡已有一段时间，邻居觉得恶臭难当——"

　　这地址好熟，纽门愣住，在何处听过？呵，想起来，这是他生父纽大雄的居所！

　　"户主姓纽，与妻子同住，警方正在现场调查，我接到线报，立刻知会老板。"

这时，纽门眼前一片黑，眼睛像是出了毛病，什么都看不清楚，耳畔只听见直升机引擎及螺旋桨翼的啪啪声。

纽门四肢麻木，就在这时，扣子过来抱住他，两兄弟再也忍不住，大声号哭。

铁汉老薛也忍不住鼻酸。

平日在报上常常读到此类伦常惨案，从未考虑到当事人子女家人感受，今番是熟人，老薛才明白什么叫作祸延三代。

他轻轻说："你们还有舅舅。"提醒这两兄弟仍有振作的原因。

纽门与扣子刹那间老了十年，旧伤疤全部痛不可当，似万箭穿心。

这时王钻双臂环抱，三个大男人一起垂头哭泣。

直升机二十五分钟就抵达目的地，他们转车前往边界街。

在楼下已闻到恶臭，工作人员戴着口罩穿生化衣，正把黑色密封胶袋抬上黑车，见到陌生人趋近，制服人员上前阻止。

老薛上前表明身份，警员递一递手。

一行四人上楼，邻居好奇围观。

气味越来越浓，令人欲呕，警方用黄带围住，只能在大门张望。

警员说："三人都躺在客厅，未有打斗现象，怀疑中毒身亡，已五至七天。"

老薛忍不住问："怎么会有三人？"

"据邻居说，两夫妻之外，尚有一较年轻男子，是女方亲戚。"

这么一说，老薛噤声。

"几位请往警署提供线索。"

纽门站在门口，双腿不听使唤。

他一年多前来过这里，听舅舅吩咐送上厚礼，没想到今日再来，物是人非。

客厅地板上用白粉笔画着三个人形，不知为什么，俗称路影，街外公路伤亡地点，也画着这种白线……人没有了，只剩路边一个影子。

四人到达警署，辨明身份，这时律师也到了，一起说话。

警方已确定是他杀与自杀。

警署门外，有陌生人等他们，一个穿西服的斯文年轻人趋向前。"我叫陈大文，我是天源地产中介的。"他递上名片，"我们公司专门买卖所谓凶宅——"

老薛不禁说："大水冲到龙王庙，难为你一直跟到警署。"

晚上，律师报告："查过了，那层公寓，纽氏并没有转名，仍在他名下，继承人是纽门纽扣。"

"修车厂呢？"

"厂一早出售，据说买方支票写那女子名字。"

"此女贪得无厌。"

"但叫纽氏忍无可忍的还是那来历不明的堂兄或是表哥。"

"他曾来求助，被我拒绝。"

律师说："他的家事，谁管得了，你们不必内疚，是他要走这条路，是他安排了这种结局。"

王钻大惑不解。"他并不是坏人，他有正义感，他不喜欢我，认定我是奸商。"

大家没有言语。

接着的可憎可怕手续，由律师代办。

宝因来探访两兄弟，一手一个，拉住不放。

她不知说什么才好，故此没开口。

李屏到了，她走上前，拉向纽门那只手，粗鲁地推走宝因，宝因忍无可忍："你什么毛病？"

扣子连忙拉开。

宝因动气："就算她喜欢纽门，也不能霸住他。"

扣子低声说："可是纽门并没反对，他俩已住在一起。"

宝因说："她那么小气，配不上纽门。"

"在这种事上，女子不必过度大方。"

宝因面色墨黑。

"不要紧，还有我，我没有女友，你追我好了。"

宝因忍无可忍，见桌子上摆着蛋糕与水果，她伸手抓起一块，往扣子脸上按去，还抹两抹，糊他一头一脸。

接着，她怕他报复，避远远的。

纽门吓一跳。"宝因今日是怎么了？"

纽扣答："物极必反。"

李屏不出声。

纽门说："算了，我俩小时还扔她泥巴呢。"李屏忍不住问："为何向女同学扔脏物？"

"叫她们哭呀。"

"为何黑心叫人流泪？"

"她们哭时顶趣怪。"

"好意思！"

这时，扣子好不容易把奶油洗净出来。

纽门问："你说，宝因与扣子会否成为一对？"

李屏讶异到极点。"你没看出来？"

"看出什么？"

"宝因喜欢的，不是你们兄弟俩，她喜欢王先生。"

"嗄？"纽扣自椅子上跳起。

她不是他的死对头？每次见面，都咬牙切齿控诉他赚取暴利，不顾租户权益，百分百是奸商……

纽门说："我不明白。"

李屏说："我也不明白。"

两兄弟又设法活了下来。

这一段日子，扣子也许甩了女友，老与他哥在一起，形影不离。两人站在一起十分好看，一般高大，一般英轩，两人都喜穿深色西服，配罕有浓眉大眼。

纽父的遗产很快出售，所得款项，由王钻做主，替他们付了施他佛道现居公寓首期，他们兄弟俩总算成为业主。

老薛咕哝："本来还有一间厂……"

律师做事也幽默，只领回一具遗体火化，那两个，由政府处置。

纽门问："放何处？"

王钻回答："放我公司夹万[1]，与我姐一起。"

---

[1] 夹万：保险箱，保险柜。

也算是仁至义尽。

舅甥三人处世做事算是不羁，与常人有点不同。

扣子这样说："门子，从此我俩真正是孤儿了，孤儿无论多大，仍是孤儿，感觉凄凉。"

纽门答："可是也无牵无挂，无须对任何人负责。"

"社会呢？"

"社会才不理你我死活，社会只看到成功人士。"

"那么，就得自爱了。"

"说得好。"

"你与李屏关系如何？"

"已经讲明，纯是好友。"

"最好黑字写在额角，免得她误会。李屏性格凶悍，当心她动刀动枪。她对你，并非纯是朋友，你伤势已痊愈，可请她回家。"

"请客易送客难。"

"你待她如客？"

"她住客房，当然是尊贵客人。"

"那真得趁早表态，讲个清楚。"

纽门头痛。

他坐露台眺望天际，李屏走近与他说话。

"王先生真好，把公寓以你俩搬进时价格转售你们，差价是八十个巴仙。"

"李屏你可有物业？"

"幸亏在大众工作，近水楼台，否则，还茫然寄人篱下，我有两个小单位，一自住，另一放租。"

"那你下半生有着落了。"

"讲得好，不然还靠丈夫或子女不成。"语气十分讽刺。

纽门不出声，是，今日妇女确实已经想通。

"你整日呆督督坐露台上想什么？"

纽门轻轻答："没什么。"

"一个人可是？"

纽门答非所问："前日大众开会谈到政府公布舒缓高楼价十大政策，同事意见，叫我顿悟，竟一边倒认为杯水车薪，效果不大，可见民间自有智慧。

"推出零碎地皮，数目有限，入伙已是两三年后的事。"

李屏不由得接上："新屋最低月供六万元，那即是说，申请人月入不可能少于四万，你赚得到四万否？我尚未够资格，况且，供款达三十年，届时，我人老珠黄，大众早已撤甩我这个助手，整件事如天方夜谭。"

纽门诧异："那你的房产来自何处？"

李屏缓缓答："有机会才告诉你。"

无论来源如何，都是这年轻女子凭自身力气设法拼搏回来，其中艰辛不足为外人道。

她下结论："所以，该次会议总结是，无窗狭窄不透气板隔房仍然有所作为，每个都会都有此恼人的民生问题。一个朋友往多伦多升学，两个月尚未找到居所。"

"宿舍呢？"

"我以为天下只有苏宝因才会说这种话，原来你也一般无知天真，宿舍多贵你可晓得？"

"你与宝因好像谈不来。"

李屏哼一声："道不同不相为谋，我吃不消她那种学术派，事事有理想，口口声声叫政府把大幅名贵地皮放出建廉租屋的就是她，天下为公，整日嚷民生民主民权。"

纽门微笑。"还有其他原因吧。"

"是，我最看不过眼她与你那样亲昵。"

"我们自小是邻居。"

"王先生在追求她，你最好什么都不用想。"

纽门轻轻说："怎么同舅舅比，他英俊潇洒，豪迈大方，见过世界，又相当富有，且见义勇为，有担当有承诺，男人中的男人。"

李屏噗一声笑："在男人眼中，自然一丝缺点也无。但是他不贞忠，身边女友如风车转，浪迹天涯，我所见最美一个，竟是法裔吉卜赛。你说，这是否苏宝因劫数？

"我觉得王先生滥交。"

"或许他会改。"

李屏哈哈大笑。"嘿，这是多少女子误了终身的错觉，他会改？"

李屏与宝因，性格完全相反。

但有一个共同点：待人以诚。

半夜，纽门还在写记录，扣子起来找水喝。

脱光光的他下身只围着一条毛巾，他怔怔说："哥，我做梦，你与妈坐在台上看我练球，你还只得七八岁，靠着妈肩膀。我叫你们，你俩都不理睬，哥，妈一直偏心你。"

"妈看上去如何？"

"相当年轻，没有言语，我痛哭失声。哥，过些日子，会不会好些？"

"我想不会，我们体内某些细胞，已经随母亲死亡，痛伤永志不忘。"两兄弟黯然。

幸亏天很快亮起，是，无论如何，太阳仍然升起。

纽门的工作记录：真没想到有人会在简陋公寓内制造百分之九十像真的假文件。各国护照、驾驶执照、医疗保健卡、信用卡……大部分不在本市应用，而是寄到外国出售，警方接线报破获此案，奇是奇在大众员工上月刚巡视过该单位，丝毫不见异象，警方怀疑大众亦有参与，王先生与律师非常头痛。

这时宇宙地产出价收购大众旗下恶名昭彰的三幢旧楼。

纽门还是第一次看到这种议价方式。

双方在同一酒店订两间会议室，两帮人坐在陌生地盘，均不能恃熟卖熟。

对方写一个价目，叫人递过来，大众的律师研究过，回一个价，如此来回五次，王钻也抬价五次，律师这样与财团说："三幢楼宇相连，发展起来何等壮观，你们想想。"

对方派来的使者是一年轻美女，只得手掌大的面孔精致袖珍，一双大眼炯炯有神，三小时会议来来回回跑，一丝笑容也无，奇是奇在玫瑰色口红一直没有褪色。

到了下午五时，对方仍然犹疑不下，王钻动气："我累了，我要吃饭。扣子，你走过去，同他们说，这是我的最低价，要不要随他们。"

把一张写了数目字的字条交纽扣。

纽扣过去。

律师在王钻耳边说："已经商议整月！"

王钻扬手。"不，我有原则。"

纽门屏息，学习谈判技巧。

不一会儿纽扣回来。

又过一刻，那女郎进来放下一张数目纸。

王钻一看，把纸团成一堆，扔到地上，他站起低喝一声："我们走！"手下纷纷取过外套文件，整齐地鱼贯而出，那女郎瞪目，匆匆回邻房报告情况。

这时王钻与五六个同事已乘电梯到酒店大堂，门童已拉开玻璃门，这时，有人在他们身后叫："王先生，等一等。"

纽扣先转过头，看到先前那个女郎奔近，她脱去高跟鞋，赤足跑来，大众一行人站定等她。

她气喘："王先生，请回，这是宇宙最后出价。"

王钻脸色稍霁，摊开纸一看，正是他要的数目。

他忽然笑了。"明早，九时，同样地点签署合约。"

女郎答:"明白。"

纽扣忽然插嘴:"可否请教你名字?"

"玛莉森永。"递上名片。

纽门没好气,这女子如此能干,扣子真爱自讨苦吃。

纽扣说:"我送森永小姐回去。"

王钻说:"我们到西苑吃饭。"

森永这时穿上高跟鞋,纽扣转身,用手臂让她借力。

到了饭店在包厢坐下,大家先喝啤酒。

老薛说:"精疲力竭!世上没有比讨价还价更伤神的事。"

王钻却笑:"有,没资格讨价还价。"

大家都笑。

吃到一半,才见纽扣探头进来。

他这样说:"我与朋友坐外边小桌子。"

朋友?

老薛纳罕,出去张望一下,回来咧开嘴笑:"是那位森永
小姐。"

大家惊叹:"啊,这小子有办法。""那女子未曾对我们笑
过一下。""纽扣是天才。"……

他们散席时,坐小桌子的一对年轻男女还在喁喁细语。

奇怪可是，初相识，有何可说。

第二早，两兄弟陪王钻签约。

大众出售旧楼有一附加条件：善待现有租户。

双方人马一字排开，签署文件，大功告成，喝香槟庆祝。纽扣走近，站到玛莉森永身边。

纽门对自己说：从此你要寂寞了，纽门。

这时，对方才问王钻为何愿意卖出该三幢物业。

王钻回答两个字："疲倦。"

对方似乎十分明白，不住点头。

十五岁，做学徒闯江湖，王钻从未试过如此疲累。

大众同事知道售楼一事，都十分沮丧。

"要裁员了。""那是一定的事。""不舍得。""何去何从？""唉，打工生涯原是梦。"……

王钻这样对两兄弟说："大众日后专做办公室大厦租赁，不会那么复杂，生意交给你俩，好好跟老薛叔学着做，明白没有？"他长长叹息。

两兄弟不出声。

他俩觉得有什么不妥，但说不上来。

一日下班，纽门与老薛坐一起，吃花生喝啤酒聊天。

"纽扣找到女友了。"

"他与森永投契，冬节将一起往加利福尼亚探亲。"

"你呢？"

纽门不出声。

"还记着那个人？"

纽门这样讲："她对我极其温柔。"

老薛有点感动，少年把他当亲人才这样坦白。

"可有找她？"

"我也知道要找一定找得到。"

"她在里奥热内卢[1]。"

"竟跑那么远。"

"她仍经营酒吧，馆内有一小小舞池，供客人跳探戈。"

这叫重操故业。

"酒馆热闹，单身中年女子不愁寂寞。"

纽门问："你如何知道？"

"知识是力量。"

纽门啼笑皆非。

---

[1] 里奥热内卢：里约热内卢，巴西第二大城市。

"你呢，薛叔？你仿佛没有感情生活。"

"如此小觑老人？"

"嘿，昂藏六尺余，一身健美肌肉，堂堂须眉男子，与老字不搭关系。"

好话人人爱听，老薛呵呵笑，然后轻轻说："年轻时有一女孩，深合我意。"

"发生什么事没有在一起？"

"我身无长物，又长得凶神恶煞般，她父母不喜欢我，那时好女孩听从父母。"

"这种父母特多特讨厌。"

"怪自身没本事。"黯然神伤。

纽门说："不谈这个了。"

第二天，王钻没上班，电话无人接，找用人，只说王先生房门锁上。"可是有客人？""不，他一个人。"纽门想一想，叫老薛一起。

"他是老板，迟些上班也不为过。"

"问过秘书助手，并无特别交代。薛叔，这几日我老是头皮发麻，眼皮跳，似有兆头，去看看也好放心。"

到了那里，王钻已经起来，正在喝咖啡，乍看无恙，老薛放下一颗心，随即发觉王钻浑身虚汗，湿透睡衣。

天气已凉，照理不应大量发汗，王钻轻轻说："我淋浴后跟你们回公司。"

站起来，他们才发觉王钻消瘦许多。

纽门轻轻说："要看医生，也许只是宿醉，检查后放心些。"

"我通知李屏。"

半晌不见王钻自浴室出来，推门一看，他冲身之后乏力，坐地上喘息。"事不宜迟，"老薛吓得脸色铁青，"立刻送医院。"

王钻也不反对，纽门替他穿衣，背起他上车。

李屏如热锅上的蚂蚁般站医院门口等。

医生一见王钻迎上，接手检查。

纽门问："什么事？"

医生心里有数。"报告很快出来，请稍等。"

众人心情沉重，王钻却仍能说笑："岁月不饶人，人老珠黄。每朝梳洗，都发觉脸上积着一层黄黑之气，洗之不去，这叫人间烟火。唉，日久起茧。"

李屏这样说："我知道一家美容院懂得用激光清洗，保证修复，雪白粉嫩，别担心，且听医生怎么讲。"

王钻忽然说："纽门，请宝因过来一下，我有话说。"

稍后医生出来，脸色凝重，这样说："王先生需住隔离病房，他患肺病，已到第二期。"

老薛惊呼："二十一世纪还有肺病？"

纽门与李屏也怔住。

"你们通通要照肺，还有贵公司所有同事，叫他们速做检查，不可掉以轻心。"

"医生，这是空气传染病，我舅怎会被传染？"

"王先生可有往高危区像××、××、××旅游？"

"没有。"

"可有朋友来自上述各区？"

老薛第一个明白过来，这王先生所用安全措施不包括防御肺病这种传染病。

"用特效药三十天即可控制病情，一年后可治愈。王先生，你必须定时服药，切忌怠慢，这一年是关键，否则转为超级病菌，十分棘手。"

王钻不得不低声说是。

"你们诸人，立刻检查。"

正在验血，纽扣陪宝因赶到。"他在哪里？"

李屏忽然大喝一声："给我站住！"

纽门连忙拉住李屏。

李屏吆喝："怎么做人家女朋友？他病成这样你茫然不觉，只管说教。人家怎么苦心孤诣对你，你不喜欢他那盘生意，他索性出售，解散员工，在所不计，又待你家人如亲人，你却霸住屎坑不拉屎，你懂得义气两字不懂？！"

宝因气极："你这个野人，满嘴粗言秽语——"

看护急急走近。"医院内怎可吵架，若不噤声，叫护卫驱逐你们。"

老薛连忙道歉，把宝因拉一边告诉原委，宝因听到一半已泪流满面。

李屏看到她哭，忍不住也饮泣。

纽门说："喂，人还在，哭什么？医生说十天内病情可获控制，届时出院回家休养，快别哭。"

老薛说："女子就是爱流泪。"

另一护士走近问："苏小姐到了没有？"

宝因举手。

"跟我来。"

宝因跟着看护走。

李屏回去替王钻收拾衣物，并知会同事检查。

待客室静寂。

纽门说："我家怎么老是倒霉与病患纠缠不清。"

"人总有病痛，常事。"

"都不见他咳嗽。"

"肺病患者不一定咳嗽，最近他傍晚老说累，又发热冒汗，已是病征，我等未曾留意。"

他们一行几人检验报告出来，全无染病。

纽门说："奇怪，他自何处传染得来？"

那边宝因走进病房，王钻已经累极入睡。

英俊的他眼底大大黑眼圈，脸颊消瘦，穿着米色粗布医院制服，形象大变。

宝因走近一点，他双目紧闭，两道长眉自粗至细，像画出一般，鼻梁笔挺，一脸病容，仍是美男子。

两手放胸前，他双手特大，手指厚厚，平放，像一把小扇子，指皆长茧，练拳所得。

宝因轻轻拨他头发。

这时，她心中做出重要决定。

看护示意宝因出去。

"苏小姐，你万幸并无染病，但探访王先生请戴医院口罩及穿保护罩衫。"

"我可否在此陪他？"

"不宜久留。"

"我不怕。"

"医院需负责任，有什么事可长话短说，他会明白。"

这时李屏提着一个行李箱回来，带着王宅用人，听到看护叮嘱，冷笑一声。

李屏说："我若是你，立即辞去工作服侍王先生。"

谁知宝因这样回答："我也决定这样做，谢谢你提点。"

什么？

"我这就回写字楼递辞职信，即时生效。"

"你想清楚了？"

宝因吁出一口气："确应如此做。"

"先放长假也一样，你起码有三个月假未用。"

"我会与上司商量。"

李屏这时有点后悔一直与宝因作对，有事没事恃熟卖熟臭骂她。她讪讪问："检查报告如何？"

"没事，奇怪，只有他一人染病。"

"同事们也无恙。"

纽门忽然想起："谁在家照顾囡囡？"

他连忙赶回。

走到停车场，看到司机迎上，原来他把囡囡带在车上，大黑狗看到纽门很高兴，纽门大力搓它身子。"去，回公司大家一起照顾你。"

宝因回工作机构办离职手续。

稍后王钻醒转，唤人，看护说："你饮食要当心，多喝暖牛奶，食物要清，戒油戒盐。"

后边有声音说："家里带来瘦肉粥。"

王钻哽咽："宝因。"

宝因并没有戴口罩，看护摇头。

王钻坐起。"英雄只怕病来磨。"

宝因盛粥给他。

"这是上班时分呀。"

"我已辞职。"

"什么？"

"那份工作不适合我。"

"上头有无挽留？"

"政府机构一向不辞退也不挽留任何工作人员。"

"但你喜欢该份工作！"

"这是一份永远做不好的工作。"

"所以我才敬佩你。"

宝因微笑，说别的："胃口不错呀。"

难得没有呕吐。

"想吃鲜味食物，想呼吸新鲜空气，想欣赏天然美景，最好还有知己陪伴。"

"痊愈后可去旅行。"

他沮丧。"那可要等一年。"

"一年很快过去。"

"宝因，你等我？"

宝因忽然把头伏在他胸膛，双臂抱住他，作为答案。

看护提高声音："好了，好了。"

该名中年护士恁地热心。

宝因轻轻说："我真笨，一见面就张嘴咧齿与你吵架，把你当纽门纽扣一般看待。"

王钻声音更轻："吵闹也是一种示意方式，若真讨厌一个人，避之则吉，哪里还想开口。"

宝因没想到这个唯利是图的王先生竟如此了解人的心理。

王钻因祸得福，他鼻子通红。

真不争气。他这样对自己说。

王先生在医院这十天并不痛苦，纽门纽扣一直轮更守候——"扣子过来了。""我是门子。"宝因衣不解带，服侍茶水，又读世界及本市新闻给他听，老薛向他报告公司情况。

王钻说："世上已千年。"

"公司实施自动离职制度，照劳工署规例再加一倍补偿，精简部门之后，才交予他们两兄弟。"

"老薛，你智勇双全，哈哈，只有我慧眼识英雄。"

他与老薛紧紧握手。

"你真打算退隐？"

"误堕风尘里，一去三十年。"

"你还记得这些诗书。"

"老薛，世界偌大，去何处好？"

"你真想归田园，倒也容易，前些日子我读到广告，'买麦田，做地主，办移民'，加国[1]中部多农庄，我都想买两百公顷麦田，交当地专家耕作，做小地主。"

---

[1] 加国：加拿大。

王钻沉吟。

"当地大自然河山浩瀚，人口稀少，麦子成熟时一片金黄，巨型收割机来回行走，收成劳工汗水所得，天地明澄……"老薛向往。

有人在身后插口："麦田多么单调。"

一看，是李屏。

她挽着一壶食物。"这是同事们恳请福临馆大厨忠伯做的冰糖白木耳，先喝一碗。"

老薛笑："依你说，种什么好，樱桃还是桃子？"

李屏侧头想一想。"王先生，你最适合种葡萄，投资酒庄，自酿好酒，喝剩的出售，娱己娱人，何等有趣风雅。我最爱喝汽酒，不妨钻研个人品牌——"

"好主意。"

正在品尝冰糖白木耳，宝因到了，看到王钻在喝李屏带来的饮品，不发一言，野蛮地一手抢过倒掉。

李屏大叫："喂喂喂！"

老薛笑："近朱者赤，近墨者黑。"

幸亏这样热闹，日子才过得很快。

王钻终于回家休养。

宝因也跟在身边。

苏先生这样对女儿说："王钻为人你知道，你这次到他家，等于与他同居，又辞了职，可见是下了重注。这么大牺牲，值或不值，你心中有数。前日读报，一个二十六岁女工程师离家与比她年长十多年的男友同居，家长叫她出去就不要回来。男方很快故态复萌，冶游不返，女方服毒自杀身亡，家长认尸后不发一言离去。宝因，这是上星期才发生的事。"

宝因不语。

"宝因，我要说的，不是'你去了不要回来'，而是爸妈永远在这里，盼望你幸福快乐，并且，要回来随时回来，爸妈爱你。"

宝因一听，呜哇哭出声，紧紧拥抱父母。

王钻稍事休息，上门求婚。

他只带着普通洋酒糖果，穿着宽身西服的他明显消瘦，在苏氏夫妇眼中，他反而比从前斯文。

苏父极其大方地说："宝因喜欢的人，我们也喜欢。"

王钻出示一枚订婚指环。

苏氏还以为会是只夸张的大钻戒，但不，那只是一只普通的纯金圈，任何银楼店都可以买到的饰物。

王钻解说："指环是亡姐赠我的唯一礼物。"

苏妈相当感动。

说也奇怪，把女儿交到陌生人手上，她心头反而一片轻松，像是大包袱卸下，只希望他们长久。

父母也是人，也会累。

纽氏兄弟在门口等消息，一见两人出来脸上露着曙光，便放下心，纽扣轻轻搅笑："宝因，我俩不是两小无猜吗，你怎么去跟了我舅，太伤我心。"

宝因把手袋朝他摔过去。

扣子大叫："舅妈打人，舅妈打人。"

纽门一时觉得难以接受：舅妈——宝因，宝因——舅妈。

王钻开始全盘计划退休。

李屏帮老板筹划。

"这个地方叫奥基那根，原来华裔葡萄园主交西人打理，价格合理，收成不错，只是后代不耐烦做乡下人，所以出让。"

"种何种葡萄？"

"苏维侬白葡萄。"

"这是有搭，可酿汽酒。"

"园子内一万平方呎大庄宅有直升机坪、两个泳池，还有网球场、小型高尔夫球场，售价是×××，条件之一：希望保留全体五十名员工。"

"最近城市是何处？"

"这里，"放大了地图，"两小时车程到温市中心，直升机二十分钟。"

"市中心可有合适公寓？"

"资本主义社会，什么都有。"

立即取到中文数据：酒店服务式豪华公寓，面积三千平方呎，顶楼全海景，三房两厅工作室连高雅家具出售……

"会不会大一点？"

"地方宽敞好，闹意见时可以避不见面。"

他看图片。"装饰太多，令人眼花缭乱，叫他们把墙上假画、走廊假佛像全部取走。"

李屏笑："其实温市有高品位货仓改建——"

王钻叹口气："我没有品位，我什么也不懂，只会低买高卖做投机。"

"宝因喜欢什么式样？"

王钻怪心疼地说："她根本不计较物质，你看她身上一件饰物也无，手表还是中学时期的大力表，半打白衬衫，三套深色西服，嘿。"

"偏是这样的人有福气。"

"你过两日与纽门到温市去看房子。"

李屏欣喜："明白。"

扣子知道了。"我们也去。"

"你与谁？"

"我与森永。"

就这样说好，一行四人，到达目的地，预先联络的中介公司职员接待，扣子与森永并不累，放下行李，急急出海观看鲸鱼。

天气阴雨，有丝寒意，葡萄园烟雨蒙蒙，分外有诗意。李屏轻轻说："世外桃源。"

园子管工介绍风力发电，远处机械风车桨缓缓转动，长鬃工作马慢慢走过。

李屏说："平静恬淡，我们不走了。"

他们坐下议价。

世外桃源，也有个价目。

双方中介谈个不亦乐乎。

李屏说："扣子还未回来，莫叫鲸鱼吃到肚里。"

　　回到酒店，两人累极知返，瘫在地上。扣子呼叫："奇观奇观，我们那只船幸运，出海不久，看到浮冰，可见北冰洋真在大规模融化。忽然，船长说时针九点之处有鲸鱼，我连忙观望，看到海洋里椭圆的白色影子，约莫十呎长短，兴奋莫名。玛莉紧紧握住我的手，正在凝视，发觉灰色山一般的物体浮现。天啊，白色只是它的侧鳍，那条蓝鲸，足一百呎长。哗，震撼，我张大嘴好久闭不上，人类渺小呵！"

　　纽门与李屏见他们那么兴奋，也不禁高兴。

　　房产代理捧着香槟上来。"恭喜，成交。"

　　李屏看着那两个洋人，轻轻说："有钱可使鬼推磨。"

　　扣子说："他们现在会讲普通话。"

　　那边厢，也没闲着。

　　老薛向王钻报告："宇宙地产收购大顺大益大发等楼宇后改建二十六层高大厦，每层八个微型单位，建筑面积约三百五十平方呎，实用大约二百六，无间隔，适合单身或两小夫妻居住，冬季预售，极其受欢迎云云。"

　　"啊，这是合法蚊子小单位。"

　　"全部有窗，厨浴俱备，真要佩服建筑师，三幢一共六百多单位，这回宇宙发财了。"

王钻但笑不语。

老薛随即说："不过，也真亏他们劳心劳力，况且，西人说：赢的不是拿好牌那个，而是及时离开牌桌那个。"

这时，宝因走进来。"在说什么，好不热闹。"

老薛笑："你不是到温市看房子去了吗？"

"我要陪王先生，他不动我也不动。"

王钻十分感动。

这时，老薛眼光落在宝因左手无名指戴着的黄金指环上。

"噫，苏小姐，我可否看一看指环？"

宝因伸出手。

王钻纳罕："宝因，你脱下指环，让他看仔细。"

宝因除掉指环，交给老薛。老薛不接，他说："你细看环内是否刻有字样。"

"这么稀罕！"宝因忍不住微笑，她取起案上放大镜，仔细观察，"嗯，磨得七七八八了，约莫是'十十'，还有'口口'，这边一个'辛'最清晰。"

王钻也取过看。"我怎么不知道？"

宝因抬起头。"拼起来不就似薛字，薛叔，你见过这指环？"

老薛脸红红。"宝因，你从什么地方得到这枚金指环？"

宝因大奇："咦，它是王先生给我的订婚指环。"

老薛倒吸一口气。"老板，你又从何处得来？"

"呵，这是我姐遗物，一早赠我，同我说：万一告急，真金立即可换钱，一时三刻不至于挨饿，万幸我没到那种地步。"

"老板，你姐姐可是叫王瑛？"

王钻霍地站起。"老薛，我从未向任何人提起她的名字。"

只见老薛蒲扇般双手掩面，无言以对。

宝因何等明敏，电光石火间在王钻耳边说："薛叔是制衣厂的管工，指环由他赠你姐姐。"

王钻惊问："老薛，这可是真的？"

老薛用力点头。

王钻抱住他的腰。"怪不得我俩如此投缘，你对门子与扣子又如此关爱。"

老薛放下手。"我怎么看你们甥舅都觉得亲善，那双大眼睛同瑛子何等相似。"

"好了好了，终于相认。"

宝因忍不住问："薛叔，都赠送指环了，为何不在一起？"

"她父母极力反对，不久，她嫁纽氏，纽家有家修车厂，有新居，条件好得多，她不会吃苦。"

王钻忽然问："门子可是你的儿子？"

老薛跳起来。"老板，你口无遮拦！"

宝因也说："真是什么都讲得出口。"

王钻道歉："对不起，现在想起，他们结婚后三年门子才出世。哎！真可爱，抱在手里，活脱一个洋娃娃，然后大眼眨动，才知是婴儿——"

"兄弟俩外形的确讨人喜爱。"

老薛沉默。

"老薛，真没想到一枚指环有这般经历。"

"宝因一定会好好保存。"

"所有金戒指都差不多，你如何分辨？"

"数十年前，我不知瑛子手指大小，故此选一枚可以自由开合调校大小的古老式样，一眼认出上边回纹刻花，它粗糙过时，再也想不到老板一直珍藏。"

宝因还想说什么，老薛缓缓站起。"原来瑛子一直近在咫尺，可惜再也见不到。"

宝因说："薛叔——"

"我还有工作要做。"

他的背影，忽然佝偻。

"有这样的故事!"

宝因提醒王钻："服药时间到了。"

"那情节可以写成一篇小说。"

"小说不是这样写的。"

"宝因,由你来写,"又说,"这药吃了浑身怠倦,什么都不想做,昏昏欲睡,怪不得许多病人半途而弃,唉。"

"这一阵子在家躲着,确是闷气。"

"我倒不介意,"王钻说,"过去十多二十年一直神气活现,以为双臂撑着一片天,可是你看,一场怪病教训了我,原来我退下大众也照样运作,我只觉得身上一层层脏老厚皮剥落,像再世为人。"

宝因静静听着,倒也放心。

"我们时时希望见到辞世亲人,总盼不到,很可能他们已去到更好世界,不屑再与我们打交道。"

宝因微笑。"或是不久之后可在那里见面,何必急急报梦。"

不久门子与扣子回来。

扣子用手比画。"那样大的蓝鲸——喷出水泉高达三十呎,即三层楼高——"

李屏说:"该区天气极佳,每年平均有两百多天阳光,是静修疗养的好地方，只是，宝因可会闷？"

"我才不会，我跟师傅学种葡萄以及酿酒。"

李屏点头："爱学习的人最幸运，永远不愁寂寞。"

晚上他们谈家事。

"可要办移民手续？"

王钻答："我下半生做游客。"

"这倒也好，只不过，子女学费贵些，土生是公民。"

李屏说："宝因，王先生已届中年，你得快快生孩子，学费难不倒他，年纪才是问题。"

宝因说："这李女士专与我作对。"

"咄，狗咬吕洞宾。"

扣子说："哗，好久没看到婴儿。"

"若像贤昆仲，则四周围人通通遭殃。"

"你俩到外国静休，苏伯与伯母如何？"

"已安排市中心住所，随时与宝因做伴。"

李屏不禁在心里想：有钱真好。

像宝因，一切现成，结一次婚，要人有人，要风得风。王钻体贴入微，想到的，他办妥，没想到的，他也已经在做。又有一副经验丰富牢靠的肩膀，羡杀旁人，如此可遇不可求的男子，竟叫这个傻妹遇到，确是机缘。

宝因微笑，侧头看纽门，小子条件也不错。况且，又是大众的继承人，但，他心中想什么，难以捉摸。

这时王钻轻轻说："早些结婚也好。"

"舅舅说谁？"

"你们两位。"

纽门没有反应，李屏不出声，她有点气馁，隐隐知道有个地方叫哈哈酒馆，那里，曾经有一个他喜欢的狐媚女子。

李屏黯然。

王钻全看在眼内。"我年轻时也全未想过结婚，宣了誓就得遵守，余生只与一个女子相守，真需要勇气。"

纽门轻轻接上："所伤害的，均是某家的女儿，父母幼时钟爱，抱怀里叫宝宝，若知道日后有人残害她，不知伤痛悲愤到何种地步，也许来日，我们也有女儿——"

李屏听到这里，把手放在纽扣肩上。

扣子是快乐蛋，他说："森永没考虑结婚，每日雄赳赳上班下班，精力无穷，每当锄跌某可恶同事，都兴奋莫名，看样子十年内都不会考虑生儿育女。"

大家笑出声。

　　王钻说："李屏你与森永多些联络，莫冷落她。"

　　日籍女士多喜欢名牌，唉，也不要有偏见，全世界女性均喜欢才对，讨好她们不难。

　　李屏约森永喝下午茶，小心留意她爱恶，发现她喜欢棕灰系列颜色，爵士乐，老式 MCB 红色小跑车，以及英俊的男子。

　　李屏微笑。"你是美女。"

　　森永陶醉，小小精致面孔红绯绯。"扣子漂亮得不像真人，那头稠密头发，浓眉大眼，深邃目光，丰厚嘴唇。我同他说，头一次见到他就忍不住想，可否吻一下，他男性气息叫我迷恋……"

　　这口气不像东方人。

　　"我不谙日语，我父母亦在加利福尼亚出生。祖父母一早移民美国，第二次世界大战，被视作敌人关进集中营，果园充公，放出来之后终生绝口不提此事。森永家在日本根本已无近亲，以美国人自居。这几年我在本市工作，努力学普通话，已稍有成绩。"

　　李屏握住她手，心想：你我一样，漂荡如浮萍，四处觅前程。

　　森永说："彪悍的扣子内心极欠安全感，他渴望有自己的家。"

李屏小心聆听。

"但是我想，一旦注册，成为纽妻，就得尽人妻责任，不能天天带外卖饭盒子回家吃。还有，要整理家居，清洁可怕的厨房浴室。还有，他下班回家，要问：'好吗，今天工作可吃重？'……唉。"

李屏微笑。

"但是我已认定是他，那样的英伟身段强壮肩膀，又是接吻好手，唉。"又一声叹息。

"你喜欢纽门什么？"

李屏也大胆起来："我喜欢他一个小动作——把头靠在我肩上，说他幼时趣事。"

"啊。"

李屏说："我与纽门有礼物送给你。"

"我？为什么？"

"华人叫见面礼。"

李屏与森永走进名牌手袋店。

服务员一见她，笑着说："李小姐，准备好了。"

自内堂取出一只盒子，打开，取出手袋，是只沉实棕色的中型姬莉[1]袋。森永惊喜："送我？"

"正是。"

森永这一刻肯定她已找到亲人。"你真会挑选，但，不是说已不接受预订了吗？"

"我也是托人再托人，一做九个月，未能立即送上。"

"你自己呢？"

"我也有，我也有。"

森永与宝因不同，宝因至今用一只帆布袋，但，两人一般可爱。

至于她自己，李屏想，她仿佛已经成为纽家管家大嫂，半个家长，只好自嘲能者多劳。

大众从来没有过如此太平的日子。

只一件事：某办公大楼多层忽然出现臭虫，诸女职员玉腿遭殃，被咬得几乎痛哭。

老薛连忙联络灭虫公司，每层楼按序轮流放假，用高温处理害虫。

二十四小时后一地"芝麻"，看清楚了却是打败仗的臭虫，

－－－－－－－－－－

[1] 爱马仕手提包系列。

女职员又哗然大叫，怕已带回家中。

老薛问："这臭虫从何而来？"

"交通发达，四海一家，带回一枚，不日便成千上万繁殖。听说酒店、学校，都闹这个，防不胜防。"

王钻却十分轻松。

放下自在，闹什么都与他无关。

从亚洲搬往美洲，他也不收拾什么，也叫宝因不必带任何杂物，跑惯江湖的他就这点爽快。

旧日大宅重新装修，陈设更加简约，不日回来小住。

就这么容易。

这时苏家二老建议他俩注册后才动身。

王钻挑一套深灰西服穿上，请门子扣子做证婚人，老薛主礼，在泳池旁正式注册。

宝因穿一套乳白色香奈儿小礼服配帆布手袋，大力学生表，清丽脱俗。

这两个看似永远拉不到一起的男女，站一起，却异常相配。

亲友祝贺："早生贵子。"

李屏想到，风流倜傥的王钻半夜起床抱婴儿的模样，不禁咧开嘴笑。

这次，跟他们到葡萄园的是另外一个能干女助手。

王钻一走，两兄弟觉得寂寞。

"原来这些日子，全靠舅舅撑着。"

否则失去母亲不久，父亲也告辞世，不知如何应付。

"你我兄弟俩命不该绝，现在还有薛叔。"

"那畏羞爱哭的邻居小女孩，竟成为舅妈。"

这时，憔悴的大黑狗囡囡咯咯走近。

"舅舅本想带走囡囡，又怕它年迈。"

老薛看着老狗，喃喃说："你不会撒谎，亦不骗人，你忠心耿耿，人爱你多少，你十倍回报。"

都知道很快会失去囡囡。

扣子忽然问："薛叔，你经验老到，你的法眼如何看舅舅与宝因他们？"

老薛不出声。

"说一说，好让我得益。"

老薛缓缓说："王先生一直喜欢刺激，我跟他二十年，前些时，他还喜到郊外玩爬山机车，专挑崎岖山路，时时摔得皮开肉绽。从未见过肾上腺如此发达的年轻人，好似什么都不怕，实则胆大心细，他不停追求更高更劲更美的事物。"

"宝因也是目标。"

"宝因如此秀美清丽标致，他当然钟爱。"

"将来呢，如果来日有更加年轻漂亮与众不同的女孩出现呢？"

老薛说："咄，谁可预知将来之事，今日高兴，已经足够，还贪什么。"

"薛叔说得对。"

他们举杯。

过两日，囡囡四足乏力，站不稳，失禁，同老人一样，纽门黯然，送到兽医处。

医生检查。"嗯，十五岁了。"

一家四个年轻人坐着不出声，表情像阿公病重。

兽医见惯狗主如丧考妣的样子，因此劝说："这便是生命，要不抱回家侍候，要不在这里打一针。"

纽门与纽扣早已商量妥当，当下轻轻说："打针。"

李屏泪流满面。

纽门想到当年把囡囡自街上捡回，一身虫虱，又脱毛甩皮，双眼红肿，四足发炎，多亏纽妈把它救回，才存活至今。

又想起如何教唆大黑狗追赶小小苏宝因吼叫，吓得小女孩痛哭。

都过去了，美好的少年时光再也不会回来，妈妈在门口等他们放学，要他们脱掉脏球鞋才准进屋，妈妈做好三明治给他们充饥，妈妈抱怨两兄弟吃得下整个冰箱，而成绩单像翻倒红墨水……

纽门掩脸哭泣。

扣子轻轻说："原来生命就是失去，逐一逐一我们失去最珍贵的一切。"

李屏抱脸伏到囡囡背上。

扣子上前握住它的双足。

纽门轻轻抚摩它的背脊。

医生注射，大狗安静，双眼默默失去光彩，终于闭上。

扣子泣不成声。

森永虽然认识大狗不久，却也恻然。

偏偏这时老薛还要加一句："下回，就轮到我了。"

李屏一听，扑过去边捶边哭。

老薛叔捧着头。"你们两对迟早结婚生子，还理我吗？"

扣子说："每朝替我们带孩子到学校，谁也不会欺侮他们。"

森永双目亮起，好主意。

几个人全不敢把消息告诉王钻，人家度蜜月，报喜不报忧。

兄弟俩每日工作忙，也没闲着，渐渐上手。

"都会中，住宅每人占地三百平方呎，已算了不起。"

"舅舅拥有两百公顷土地，只得五十余员工，要那么大庄园干什么？"

"记得大顺楼的奇景否？门一打开，挤着十多二十名幼儿，四处是排泄物与食物剩渣，惨无人道。"

"我读到资料，说加国东部魁北克省有一区大如欧洲小国比利时，只住十万人。"

"我最喜欢那种地方，整个镇只得八十个居民，夏季游客每日却达千多人。"

"为什么怕人？"

"在人群里挤得太久，每样资源都要争夺。工作、地位、身价，连空气都不足，故向往自在。"

"与人相处，又听不到真话，得不到友情，太多人喜欢隔岸观火，指手画脚，说三道四，口蜜腹剑，唯恐不乱，造谣生事……没人没是非。"

"王先生最有智慧。"

王钻大笑："我已不是老板，你们算了吧。"

私底下，李屏对纽门说："薛叔悲观，他不看好婚姻。"

"难怪，在他大半生丰富经验里，没有好事。"

"可是他又积极生活，毫不气馁，他是最消极的积极人。"

"他若愿做保镖送小孩上学，所有操场欺凌都一扫而空。"

"你在看什么杂志？"

"婚纱礼服。"

"你？"

"森永托我找一找款式。"

"森永与扣子要举行婚礼？"

"参考一下而已。"

纽门好奇："据说这件仿西方礼仪的白纱裙对女性来说十分重要，是真的吗？"

"百——分——百——一生——最——重——要。"

纽门笑。"不可思议。"

"听说名家设计新娘礼服贵达七位数字，"纽门轻轻说，"赚女人钱最容易。"

周一大众公司开会，李屏一早把本市这日报章排列在会议大桌上。

同事们进来，议论纷纷，都抢先在交通工具里看过了。

老薛说："老板想必也已在互联网知悉。"

每张报纸新闻头条都是：宇宙地产公司高层涉嫌行贿违法建筑超微型单位多层大厦，廉政公署正进行调查，楼盘暂封，待进一步研究，买卖双方损失匪浅……

大家都叹息。

老薛说："申请改建多户住宅看似一本万利，无奈其中复杂过程难以形容：补地价，集合业权，重重手续，令投资者却步。王先生这退堂鼓打得及时，他真是聪明人，知道每一项条款均是机关。不能轻率，若是心急一步踏错，便是宇宙今日后果。"

纽扣说："本来我还想参考工厂大厦活化政策，此刻真得重新考虑。"

"任何手续都必须依足规矩来做。"

"宇宙在哪个步骤出了纰漏？"

"快去打探。"

"恐怕是图则——"

"这张报纸说是在图则通过之前，工程已经开始进行。"

散会后老薛赞叹："王先生怎地聪明。"

纽门微笑，也可能王钻根本看不穿时势，以他冒险跋扈的性格，难保不犯同一错误，是宝因叫他丢弃钻营，回归自然。

这些日子，王钻什么也不做，与宝因依偎着坐山坡观看日落与晚霞。

他也曾想过，日久会否生厌，大概也会，不过不是这十年八年，也许更不是未来二十年三十年，那已经够好。

他们也骑脚踏车到镇上游览，坐冰激凌店外长凳观看游客匆忙上车下车，叽叽喳喳，如一群小鸟。

"游客最有趣，不知吸收到什么。"

"拍张照片，到此一游。"

"钻，你去过世界哪几个角落？"

"南美品塔贡尼亚冰川[1]，阿泰卡玛沙漠[2]，两条著名运河，我还欣赏过天使瀑布，我对大城市不感兴趣，亦不懂艺术博物馆，只觉玛雅与印加古文明的确引人入胜。"

宝因微笑，婚后才彼此了解，真正有趣。

"你呢？"

"我喜欢欧陆：意大利的托斯卡纳，法国的碧顿尼。"

"为什么不早说？"

"但不会住那里，到底是现代都市人，选择说英语、配备

---

[1] 品塔贡尼亚冰川：又译为巴塔哥尼亚（Patagonia Glacier），位于南美大陆南端，是世界第三大冰原。

[2] 阿泰卡玛沙漠：阿塔卡马沙漠。

互联网络的城市长住。"

两人一齐呼出口气，相视而笑。

这时对面椅子坐着两名年轻金发女，相貌姣好，身段高挑，正是游客。两人凝视王钻，含蓄地挑逗，心思透明。

王钻何等样人物，早就留意，他不去看她们，反而着意宝因可有不悦之态。

可是宝因茫然不觉，对她来说，世界只有她与王先生，而她是王太太。

她在说香槟："史密师傅说，我们可以学克鲁格，不分年份，只讲味道，粉红汽酒可爱颜色来自葡萄皮肤……"

那两个金发女有点坐立不安，眼光不舍得离开王钻。

王钻最是爱惜宝因这一点心无旁骛的纯真。

终于其中一个走近，轻轻问王钻："这冰激凌是何种滋味？"

王钻不语，宝因抬头代答："一般香草。"

金发女微笑。"我们住在对面奥琪旅馆。"

宝因客套："祝旅途愉快。"

王钻示意宝因回家。

他一站起，女郎吸气，呵，这么高大，东方人罕见，更是心痒。

王钻拉着宝因手离去。

他轻轻说："今天天气真好，小阳春气节。"

宝因这样问："怎样，觉得可惜？"

王钻扬起一道眉毛："嘎？"

"那两个金发美女对你目不转睛呢。"

原来宝因看个一清二楚，原来宝因不是呆瓜。

王钻微笑，真小觑这女子。

"换了旧时，一手牵一个可是？"

"你听什么谣言，我从来没做过那样的事。此刻你身份不同，是人家的舅妈，要有长辈样子，有什么疑问直接问我本人，别道听途说，疑神疑鬼。"

宝因咧开嘴笑。

王钻提高声音："听到没有？"

宝因伸出两手，大方搓揉他的脸颊。

"喂喂喂。"他拉开她的手深深吻。

远处两个女游客看到，不禁艳羡。

稍有生活经验的人都知道，这种情投意合男欢女爱，可遇不可求。

他俩骑着脚踏车回家。

管家出来迎接。"王先生今晚我想早些收工，陪两个孩子看狮子座流星雨。"

竟如此风雅。

"他们老师说，今晚天朗气清，肉眼即可观赏，大约自晚间十时开始，各凭机缘。"

"在草地可以看到吗？"

"王先生，我替你准备营幕与热饮，说不定要守候。"

王钻说："太好了，我从未观赏过流星雨。"

宝因轻轻说："花千树，星如雨，说的就是这个吗？"

"流星是什么？"

"一块玄冰，一边融化，一边坠落，故此长长一条气体尾巴。"

王钻吁气。"我竟不知。"

晚上，草地上竖起帐幕，孩子们故意离远些，免得打扰王氏伉俪，但是小儿笑声哈哈呵呵清脆响亮，像是可以传到天庭，实在可爱悦耳。

王钻再也不记得他曾经那样欢笑过。

他们还造了营火，烤一种叫火摩的甜食：两块苏打饼干夹住棉花糖，烧得熔焦才吃。宝因只觉看着都蛮可怕，不知是什么风俗，可见真的中西有别。

夜深，众人仰观星空，头颈发麻，一无所见。

但是苍穹犹如撒满钻石，繁星不胜枚举，也是奇观。

王钻把睡袋拖出帐篷，躺着冥想，一手不忘握住宝因的手。

管家送来鸡面汤，两人趁热喝一碗。

就在这个时候，孩子们鼓噪拍手。

两人抬头一看，只见天空轻轻划过一道弧形闪光，不小心留意真会错过。噫，这么静这么美，并不如想象中嗖一声，强光夺目，横行霸道。

接着，一道一道，纵横天空，轻俏如仙子舞蹈，王钻不禁瞠目结舌："啊。"只会说一个字。

一直到凌晨，风露渐重，孩子们打瞌睡被大人背抱回家。

王钻也觉眼皮沉重，枕在宝因大腿上盹着。

管家过来说："冷冽呢，请回屋内。"

宝因推他，他却轻轻说："吻醒我。"

她在他身边细语："你已醒才会说话。"

用拇指与食指捏起他的嘴唇，响亮吻一口。

管家虽见多识广，也忍不住笑。

像他们那样，如果要求不太高，也堪称神仙眷属了。

另外一些人就没那么幸运。

五

他要来见你，可见已经忘记你，假如心中仍有萦念，他不敢见你。

半夜，纽扣接老薛叔电话："景昌工厦某座警钟大响，警察已抵埠侦查，你我得立刻前去。"

"什么事？"

"车上说。"

纽扣只赶得及穿一件外套。

车子驶近，并不见火光，他才放心。

老薛电话追到："警方发现制毒厂，规模之大，前所未见，引起其他帮会觊觎，出动爆窃，触动警钟。"

永无宁日。

他们被拦在黄带以外，大队警员及穿着生化衣物的队伍进内搬出大量化学药品。据说，工厦单位内部布置犹如化验所，先进入一般厂房，制毒机关在门背后密室。

警员说："又是你们大众公司。"

对，可不是又是他们。

这时，纽门也到了，兄弟俩到底年轻，凌晨，照样火眼金睛，纽扣双手撑腰，纽门比较平静，但老薛看着，也觉得两人已有一股煞气。

他们与警方谈话，不久，律师到了，一行人循例往派出所说话。

老薛说："警方应多派人巡楼。"

"密室机关隐蔽，甚难发现。"

律师说："所以业主也难以监察。"

"数量庞大，相信是外销。"

"从没见过那样的笨星，制毒厂装警钟。"

老薛说："那是大众的规矩。"

他们把该单位租户的数据交给警方，离开警署，天已蒙蒙亮。

三个男子在街上踯躅。"不如去茶餐厅吃早餐。""如今这种粤式餐馆一日少于一日。"终于找到一处，坐下叫了多士奶茶大嚼。

"想念舅舅。""他与宝因乐不思蜀。""退得及时，七老八十才退还有什么意思。"

邻座有女子注意他们。

纽扣轻轻说："我俩已有女友，只有薛叔是自由身。"

老薛说："胡诌什么。"

"薛叔找个对象结婚，还来得及生一个篮球队。"

老薛不出声。

纽门说："连我都开始觉得幼儿有趣。"

老薛答："我喜欢婴儿随遇而安，吃饱便无异议，同猫狗一般，世界无论多乱多糟，他们照样生存。"

"可是，他们会长大，届时谬论多多，忤逆不堪。"

老薛却说："没有呀，你们两个就很好。"

"薛叔，真不介意认你作父。"

"乱讲！"

纽门叫结账，这时老薛才轻轻说："我心中，仍然爱着一个人。"

纽门呆住，在一间拥挤杂乱，逼满吃客，还有人站着等空位的廉价餐店，一个彪形大汉，荡气回肠，轻声说出他隐藏数十年来的心事。

忽然之间，纽门再听不到人声车声，再闻不到油烟气味，怔一会儿，他放下钞票，三人一齐离去。

傍晚，他与李屏一起下班，他说："谁会想到。"

李屏说:"华人对这种不可思议的人与人之间的关系,笼统称为缘分。"

"第一次看到薛叔,真的蛮害怕,哗,巨人。"

"我们女同事才吓得几乎集体辞职,不敢与他一起乘电梯,避之则吉。直至一天,秘书阿蜜下夜班,在街角遭小流氓调戏,危急间薛叔出现,一手抓起一个,其余四散逃去,那样子他变成英雄。原来,薛叔每次都悄悄送夜更女同事往地铁站。"

"这就是他。"

"敬重是一回事,始终无人做他女伴。"

忽然纽门想起一件事:"好久不见森永。"

李屏答:"问扣子,他只说森永辞去宇宙那份工作之后就闹情绪,动辄伤心流泪,似有心事。"

"可是闹分手?"

"我也这么想,但,不是已经在找结婚礼服了吗,世事难料。"

"请你拨时间出来,找个答案。"

"你几时升我做管事?"

说是这样说,李屏还是专程探访森永。

森永的公寓在西边山上,三十多层高,有一段路需步行,街两边都是干货店,空气中洋溢着冬菇虾米鲍鱼干贝的气味,好不怪异。

大厦像一支铅笔似的，顶层几乎碰到云雾，到门前按铃，李屏还直喘气。

森永开门。"屏姐我说过不用劳驾。"

"我带来你喜欢的纸包蛋糕，又顺手多买两件白衬衫，你穿这个最好看。"

到光线下看到森永狭窄杂乱不分厅房的鞋盒小公寓，吓一跳，忍不住说："你还挤这里干什么，干脆搬去与扣子住。"

森永忽然饮泣。

李屏看清楚她，一惊，只见她精致小脸像发胀一倍，面无人色，又黄又肿，连手指都变粗。

"森永，你有病，我立即同你看医生。"

"不，不。"她忽然痛哭。

"森永！"

李屏掰开她掩脸的双手，把她拥在怀内。"森永，大家自己人一样，我也没有亲人，我俩彼此照顾可好？你有心事，讲出来互相商量。"

森永呜咽，她这样说："我刚见你，觉得你又凶又丑，一张扁面孔没有一颗友善细胞，没想到你待人真心。"

李屏啼笑皆非："谢谢你。"

"此刻我觉得你是我见过的最美的一个人。"

李屏惆怅，纽门也会这么想吗？

森永情绪稍微平静，她吃点心喝咖啡，忽然间，弯身呕吐，像是开了水龙头一般，吐得脸色发黑。

李屏连忙帮手清洁，电光石火间，她明白了。

她挽起森永。"我们这就看医生。"立刻联络医务所。

她替森永罩上外套，叫大众派司机来接，她扶着森永上车，说出地址。在车上她紧紧搂着森永。

世上只有一种呕吐如此恶毒，像是五脏六腑都被逼吐出，那是妊娠呕吐。

李屏不再做猜测，到达医务所叫森永坐好，看护立即检查，把森永扶到内室。

"怎样？"

"病人脱水，营养不良，疲惫，情绪紧张、不安、激动，换句话说，是怀孕第一季颇为正常的现象。"

证实了。

森永痛哭。

"多久了？"

"约十个星期，是做出决定的时候。"

医生退出，看护替森永安排点滴。

李屏坐在她身边，诧异说："你也是条硬净铁汉，为什么淌眼抹泪，你的身体，你的选择。"

她握住森永的手。

森永仍然流泪。

妊娠这件事，每次反应不一样，女体各种内分泌起了翻天覆地的变化，有人哭个不已，有人不断地笑，十分突兀。

李屏说："拖到今日，想必极不舍得，孩子如果像扣子，那真是顽皮可爱得不像话，养到一岁，肯定已是小小白胖破坏王，移动肥腿咚咚四处跑，整日笑，什么都放嘴里嚼……"

森永号啕："我怕扣子不喜欢，他会怪我威胁他，设机关捕捉他。"

"胡说，扣子不是那样的人。"

"他极其敏感多心，他——"

"你呢，你又怎么想？"

森永这样说："我自幼是个美人——"

李屏忽然咳嗽，她还是第一次听见有人自称美女。

"我知道唯一本钱是长得好，所以际遇还算不错，可是你看，才头三个月，我已变得半人半鬼，再下去，就是蓬头鬼，扣子一定丢弃我。"

"胡说。"

看护说："让病人休息一会儿，稍后医生来做超声波检查。"

李屏走到外边，电召纽扣："速速到这个地址。"

"什么事，什么地方？"

"到了再说。"

不一会儿，他赶到。"屏姐，这是一家妇产科医务所，呵，屏姐，恭喜恭喜，门子在何处？"

李屏握住扣子手，看到他闪亮大眼睛里去。"不是我。"

扣子怔住，他何等明敏，即有顿悟，失声："人呢？"

李屏与他走入病房。

医生正在做扫描，仪器先进，七彩立体影像一清二楚，只见小小一个人形，有三四时长，在子宫内打筋斗，胚胎的脊椎骨如一条闪亮细链。

纽扣一见，震荡莫名，瞠目结舌，半晌，才轻轻走近，抚摩森永依然平坦的腹部，他泪流满面。"呵，森永，我爱你，也爱上这细小生命。"

他俩大哭，眼泪鼻涕一塌糊涂。

不知怎的，看护也哭起来。

只有李屏，铁石心肠，轻轻退出，让他们宣泄痛快。

回到家，她筋疲力尽。

纽门知道因由之后骇笑："扣子不是一直注重安全措施吗？"

不料李屏忽然动怒："你，你最安全，千秋万载，长命百岁！"

纽门莫名其妙，只得一早休息，更早上班。

老薛知道后咧开嘴笑，像所有上一代人，立即问："是男是女？"

经过检查，证实是个男胎，进入第二季，不住踢打，森永吃足苦头，不过胃口渐佳，浮肿已退，比起平时瘦得扁平，更加好看，穿着松裙，看不出肚子。

这时，舅公舅婆的各式礼物已陆续运至。

纽门迁出，把公寓让给纽扣一家三口。

纽门问李屏："你介意否？"

"介意什么？"

"公寓属两兄弟所有，此刻让给扣子。"

李屏一听，反而惊喜，这等于把她视作另一半，她一颗心落地，鼻子发酸，外表装作若无其事。"谁有需要，谁先用。"

纽门微笑。"真是，大众还少得了公寓房子不成。"

老薛亦觉得李屏够大方。

"你们两对，不如到王先生的葡萄园举行婚礼。"

一日，特别空闲，李屏忽然问纽门："你可觉得森永是个美人？"

"扣子喜欢就好，我没有意见。"

"说！"

纽门一怔。"过得去啦，她胜在时髦抢眼。"

"那么，我呢？"

纽门凝视李屏。"你最自然大方，性格疏爽，乐于助人，我最欣赏。"李屏微笑，没说她好看。

纽门忽然加一句："丰满三围，也叫人眼前一亮。"

李屏感动得哽咽。

"你一直照顾各人，我很感激。"

一个女子是一个女子，李屏热泪满面。

他们两对并没有结婚。

老薛得到老板同意，在名校区挑一间公寓给纽门与李屏，他说："我已吩咐装修一间中性婴儿房——"接着呵呵笑，喜不自禁的样子，这个老好人。

转眼森永怀孕七八个月，相当辛苦，转身、弯腰都艰难，只好半躺沙发睡，性情因吃苦变得怪诞，半夜着扣子买烧饼油条及巧克力冰激凌一起吃，白天紧紧缠扣子，不准离开半步。

大家都诧异纽扣竟如此千依百顺，陪森永复诊，做产前运动，学习抱喂婴儿。"会换尿布否？""正在学习，在考虑为环保是否要弃用纸类。"大家掩嘴而笑："不怕脏？"他还研究婴儿排泄物各种颜色。

"谁会想到。"

"孩子叫什么名字？"

"王先生叫我想，但我并非有识之士，"老薛想半天，"叫纽键吧。"

"噫，很好呢，下一个若是女孩呢？"

"叫纽结。"

"哗，老薛叔是才子。"

老薛得意扬扬。

李屏也有绝招，她有小小一枚康乐牌口琴，每次见到森永，便取出，对牢她腹中胎儿说："小小人，静一点，奏音乐给你听。"

她技巧笨拙，早已生疏，但口琴声的优点是清亮愉快，十分悦耳。她一边吹奏，一边用脚打拍子，原来是儿歌："春天的花，是多么地香，秋天的月，是多么地亮，少年的我，是多么地快乐，美丽的她不知怎么样——"

说也奇怪，那好动的胎儿会静下，让他可怜的母亲喘口气。

森永感激："真正悦耳，屏姐，我也爱听。"

李屏握着她的手。

纽扣在一旁说："真没想到孕育一个孩子要劳动全家。"

森永答："你们都对我那么好。"

可不是，王钻携宝因特地回来争取第一时间见婴儿。

进医院那天，森永抓住李屏的手不放。"我不要别人，你陪我即可。"

"扣子——"

"尤其不要扣子，别让他见到，叫他走。"

折腾十多小时，李屏咬牙切齿说："所有忤逆孩子都要打，打！"

最终婴儿出生，他似不习惯亮光与声响，又在产道挤了好久，十分气恼。加上看护不住大力搓揉抹去胎脂刺激皮肤，他敞嘴大哭，整张脸只看到一张嘴。哦，还有一管大鼻子。

纽扣进来剪脐带，紧紧拥怀内，不愿把婴儿交还看护。

李屏筋疲力尽，像小老太婆那样佝偻着出产房见亲人。

一众人围上。

"是个男孩，八磅一安士[1]，二十一吋长，极丑，大块头，好似明天可以上学。"

大家看手机上影像，呵呵笑。

李屏静静自手袋取出小口琴，放缓拍子："春天的花，是多么地香，秋天的月——"

会这首歌的人一起轻轻合唱打拍子。

老薛唱到"美丽的她不知怎么样"之际，声音苍哑。

看护骇笑，这家人俊男美女，却这样奇怪，这是唱歌的时刻吗？也许各家庆祝的方式不一样。

王钻对婴儿这样说："记住，小家伙，天上雷公，地下舅公。"

那婴儿一听，号啕大哭。

一家人聚一起吃顿饭。

李屏问王钻："都好了？"

---

[1] 安士：即盎司。1 盎司等于1/16 磅，合 28.3495 克。

"已经痊愈，仍不宜剧烈运动。"

"看过大众这一年的业绩无？"

"真奇怪，一点兴趣也无，老薛一边报告，我只当耳边风，我甩难了。"

大家都笑。

"我不过打个转，过两月便回转。"

"那样清静日子，你也习惯？"

"宝因在哪里，哪里是我家。"

多么虚玄老套无聊的句子，可是，众人都感动不已。

老薛感触特多，他这样想：这几个年轻人，出身普通，尤其是纽门纽扣兄弟，生母一早过世，简直凄凉，但是，都勇敢生活，利用有限资源，百折不挠，七拼八凑，终于也能做社会有用一分子。

像李屏，她经历过什么，不必申诉，不用解释，也知道日子不好过，但凡年轻女子一早出来觅生计，苦处可想而知，要遭遇多少打压践踏揶揄，还有虎视眈眈想捞把便宜的下作男人……

也都克服了。

真了不起，都找到了伴侣，建立起自己的家庭。

老薛最佩服的人，当然是王钻。

老薛初见他，王钻才十六七岁，站街上为小型地产公司派单张，脾气僵，与行家争执，被三四个人围殴，全靠老薛拔刀相助，两个陌生人就这样成为好友。

接着都会地产忽然疯狂，不论什么地区，所有公寓房子每月涨上十五巴仙，全民发神经，放弃一切营生，专门炒卖楼宇谋利。老薛薄有积蓄，决定下海，与少年行家商量，王钻福至心灵。"已经太贵，我们到邻埠买旧楼放租，即使楼价下滑，也有租金贴补。"

王钻悄悄向姐姐贷款，被姐夫知道，讥讽一番：什么财到光棍手，给一千，花一个晚上；给一万，花三天；给十万，暂时失踪，三个月后再来——

王钻刚想告辞，被姐姐一手拉住，到银行，把所有私蓄兑一张银行本票交王钻手。

是这样起的家，买下大富大发大顺三幢相连破楼，一年之后，当着姐夫面连本带利还了钱，从此不相往来。

不到三年，楼市崩溃，许多行家眉青目肿，只有他俩靠租金挨得住，还继续吸收平价货……

王钻这样说过："大众是殷实商人，脚踏实地做生意，才有今日。"

这时，他们把那婴儿传到老薛手中。

老薛有点手足无措，凝视那小家伙，打扮过了，一头乌发的他穿淡蓝色考究童装，十分神气，大眼睛骨碌碌。金不笑银不笑的老薛忽然抿抿嘴跟着笑。

过两日，他与纽门说话。

"我也想退休，可是退下来干什么？你们不同，结婚生子，三两名不算多，届时堂兄弟聚一室，黑压压都是孩子，多么有趣。"

"你看扣子，还以为他要扮风流债主，谁知一朝被胖婴打败，如今再世为人，整日把婴儿背胸前，上卫生间也不放下，笑晕保姆。"

"扣子也真没志气，才二十四岁。"

"你呢，门子，你二十五了吧？李屏比你大，大众人事部有她记录，她该二十八九岁，你莫蹉跎人家，是就是，不是别拉扯。"

纽门不出声。

"做伴侣，李屏是首选，性格成熟，许多事已经看穿想穿，知道金钱重要，又不大重视物质，而且，她多么爱惜你。"

纽门微微笑着点头。

老薛忽然扔下一句："还没有忘记？"

纽门抬起头。

"你记性也太好，小伙子多数健忘，你是例外。"

"那枚手提电话你还留着？第五代都已经发售，你还保存一号？"

那一号，曾经发出轻轻"啜"的一声，怎会丢弃。

"她连真姓名都不告知你听，你还是记住她。"

纽门坦白："记忆清晰无比，闭上双眼，便看到雪白粉臂上那条青蛇文身。"

"那是泰国最著名文身大师的杰作。"

"她仍在南美？"

"世上已千年，她又转了好几个地头。"

"此刻在何处？"

"从南美到北美，旧金山到温哥华，又回亚洲，有人在清迈见过她，不知怎的，又回转夏威夷。"

"仍经营酒馆？"

老薛点头："奇是奇在每处都赚钱，可见全世界醉翁之意都不在酒。"

"她快乐否？"

“门子，你这下子可问倒我了，你又快乐否，不知足的人永远不会快乐。”

“这一句是说给我听的吧。”

“她在火奴鲁鲁观光区有一家酒馆。”

“可是叫阿劳哈？”

“叫伊卡洛斯，我查过了，那是希腊神话里一个人物，装上蜡粘羽毛假翅膀，飞上半空，忽而失态，要与太阳神阿波罗试比高，结果蜡融翼散坠落爱琴海死亡。”

“薛叔好学问。”

老薛看着他。“你仍是个大孩子。”

“为何对她的行踪了如指掌？”

“你想想一个美貌独身女子，臂上有一个那样耀目的文身，如何不惹人注目。”

这是真的。

“况且，我有心理准备，有一日你会问起她，我这保安部主管，总得做些事。”

“薛叔，你怎么想？”

“我对别人的事一向没有意见。”

“若是你呢？”

"我们那一代的人，凡事放心里，不大表露，话别之后，她不久嫁人。我离开工厂到别处发展，吃苦、孤独之际，喝一口啤酒，回想她似水般容颜，精神重新亮起，心也温暖，她的笑脸及柔糯语声，叫我活了下来，从未想过要再去找她，缠扰她的生活，问个明白！我们不会那样做。"

"你不想知道因由？"

"我早已知道，原因是她没有选择我。"

"那么，艾珊选了谁？"

纽门终于提到她的名字。

"她好似没有固定男伴。"

"她不想安顿下来？"

"那你要问她。"

"我想到火奴鲁鲁去一趟。"

"我挺不喜欢那个游客区的，连威基基沙滩都是人造的，难以想象她怎会待上那么久。"

"多久？""一年了。"

"你去看她，会告诉李屏否？"

"女子善妒，我打算瞒着她。"

"你将来也打算瞒瞒骗骗？"

"薛叔你说什么，我不过想澄清一些事，才决定与李屏进一步还是退一步。"

"李屏不是首选。"

"不，她不是。"

"那个几乎可以做你母亲的风尘女子才是。"

纽门坦率："我一直没忘记她。"

老薛看着纽门，那次遇袭，额头沿着发线，像是头皮被揭开似的，血流披面，他好像不在乎，认为是必付的代价。

老薛有点生气："汝安之，则为之。"

随后两人读王钻与宝因电传消息，有关他俩业绩："……该酒庄置身著名葡萄种植黄金区域，风景秀美，土地肥沃，酒庄特色是由女酿酒师王苏宝因创立，支持低碳措施，恪守环保承诺，为业界尊重——"

"哗。"

"还有。"

"该酒庄产品百分百采用葡萄、蓝莓及草莓做材料，制作过程从未加入糖分、水分及香料，入口丰厚柔顺，葡萄园一片盎然绿意，大串葡萄晶莹诱人。"

"形容得似香格里拉。"

"这是他们的秘密花园。"

"宝因可有怀孕消息？"

"男子不好问，你让李屏打听一下。"

李屏推门进来。"敝工厂租户又出新闻了。"

"又有什么事？查出毒窝还是妓窝？"

"纽门你这张乌鸦嘴，这次可特别新鲜，听我道来：上星期公立医院某急症室出现两名女病人，额角、嘴边，全红肿不堪，痛痒难当，经救治后，发觉是注射肉毒杆菌不当，后果相当严重，院方替病人急救后代为报警。"

"不！"

"是，追查之下，原来江湖郎中的注射站就设于敝公司工厂内，设备简陋，地方也不卫生，药物自网上购买，由墨西哥寄来本市，买三送十熟客再加七折优待，据说客如云来，赚得盆满钵满。"

"是否俗称波托斯针药？"

"对，一些受注射后眉毛角上扬像吊睛白额虎，脸上肌肉全部僵硬，动弹不得，似塑料壳子。"

"应找经验丰富的注册医生施针。"

"女人愚蠢。"

李屏气愤："是，都因为我们笨如猪。"

"警方又要与我们谈话可是？"

"原来打针的人是一名外形端庄的家庭主妇，连违法停车告票也无收过，人不可貌相。"

老薛说："你同马律师去一趟。"

"我这就出门。"

"听说一经注射全无皱纹。"

"可是婴儿笑时也皱鼻子。"

"女性为何不惜一切追求青春常驻？"

"因为年轻貌美之际要风得风，要雨得雨。"

忙了两天，事情总算摆平。

纽门告诉李屏："下星期我去看舅舅，顺道到火奴鲁鲁。"

李屏诧异："看房子？那边建筑物全要买火山保险，突兀无比。"

"只是浏览。"

"去多久？"

"三五天就回。"

出发之前，纽门特地理发修指甲务使仪容整洁，他照着镜子，半晌，同李屏说："就快可与薛叔称兄道弟了。"李屏这样答："囡囡去后大家都老了十年。"

李屏捧着他的脸看个仔细，在她心目中，永远像头次见他那么漂亮。

——这是谁？怎么会有这样好看的男人？最难得的是他还怕女人看他，露出腼腆之色。

但那时她有男伴，她以为那人会待她好。

李屏暗暗叹息，算是有惊无险。

第二早上班，在大堂看到秘书小晶失声痛哭，一边大力撕下贴在墙壁上的报纸，有几个同事站一边静静观看，却不阻止。

李屏立即上前一把抱住。"嘘，嘘。"把小晶拉到内堂，一边指着一个同事，"你，隔岸观火，看到什么？"

那女孩嗫嚅答："有人一早到大堂贴大字报，言语污秽，侮辱小晶。"

"给我看。"

李屏接过告示，看一遍，哼一声："请薛叔过来一趟。"

那女孩立刻去请。

李屏对小晶说："不怕，本人也曾经此苦，我们很懂得应付这种人。"

"不可以报警，我父母要是知道——"

213

"谁说要报警。"

老薛进来，取起招贴一看，一声不响，稍后他手下报告："街上也有，互联网上贴满，还有照片，幸亏都穿着衣服。"

老薛大惑不解。"男人是怎么了，自石器时代以来，男性都知道出外猎食，保护妇孺，今日怎么衰格到这种地步。"

李屏说："先把看得见的告示除下，互联网上消息叫专人删除，把那人找出来，叫他把告示吃下去。"

小晶听到如此指示，只会发怵。

李屏说："让小晶喝杯热姜茶，在休息室小睡，谁也不要打扰她，各位同事，这件事到此为止。"

老薛笑："真像个大姐了。"

纽扣回来。"什么事？闹哄哄。"

李屏推开他。"快去处理桌上文件。"

老薛回房做事。

十分钟后他在闭路电视中找到贴告示的男子，放大录像，看到一张笨面孔。

李屏把小晶告知资料交给老薛。"姓周，在一家保险公司做文员。"

"他做这种事之前只想到要怎么报复，从没考虑到对别人的伤害。"

"他就是要同归于尽。"

"倘若真有自尊心，在学业事业上努力出人头地，岂不更
加扬眉吐气。"

"去办事吧。"

老薛带着两个手下。

历史不停重复，女子永不学乖。

傍晚，那男子自办公室出来，被老薛像老鹰抓小鸡似的
揪上车，驶到一所废车场停下，把他写的告示让他看清楚，
塞进他嘴，示意他吞下。那人吓得流泪求饶，心知是怎么一
回事，乖乖吃下八乘四纸张。

老薛看着他吃光，也不动手，把他推下车。

从废车场走回市区，约十里路，好一番运动。

从头到尾，也不吆喝。

当然，他可以报警，就像小晶应该知会警方一样。

他不忘拍下那人狼狈情况，给李屏观赏。

"唷，"李屏说，"尿湿裤裆。"

也给小晶看过。

小晶还害怕。"他会再来找我？"

"我想不，"李屏答，"他要是真那么勇敢，不会找弱女出气，从此，要匿藏的是他。"

李屏回家，替纽门收拾行李，送他到飞机场。

两人都不多话。

纽门把头靠李屏肩膀一会儿，李屏最喜爱他这个动作，心都软了。

纽门独自上飞机，坐在一个少女身边，那女孩看见他，整张脸亮起。纽门用一块毯子搭着肩膀，闭上双目就睡。

半晌醒转，发觉少女的头靠在他肩上，呼呼熟睡。她并非佯装，嘴角吹气，一开一合，像只小动物，十分可爱。

纽门微笑，小狗小猫小孩都趣致，看着欢喜。

纽门示意服务员过来，唤醒少女。

服务员也微笑，轻轻拍少女肩膀，少女惺忪张眼，稍微了解一下，嘭的一声倒在纽门大腿上，继续睡。

服务员问："你俩可认识？"

纽门摇头。

"帮你换位子。"

纽门坐到后两排。

这可是艳福呵，不过大腿部位实在太过危险。

他看出窗外，云下一片蔚蓝是美丽的太平洋。

那少女把早餐挪到他邻座吃。

"我叫芝容，你好。"

纽门点点头。

少女见他不愿搭讪，这样说："整列夏威夷群岛其实都是火山尖，其中基劳威亚火山[1]从未停止喷发，熔浆缓缓冒出坠入海中，增广面积。"

纽门点头。

"我与教授及同学今次到诸岛采摘标本。"

原来是学地质的学生，人不可貌相。

"我们住在大岛史密松研究院宿所。"

少女芝容有一双充满灵魂的大眼，嘴唇丰厚，是个时代美人。

"你呢，你是观光客？"

纽门忽然开口："寻人。"

"啊！"少女一听这两个字便明白，"可有把握？"

纽门摇头。

---

[1] 基劳威亚火山：又译为基拉韦亚火山（Kilauea Volcano）。

"可怜。"少女摸摸他的手背,"这样可靠的大手,是她没有福气。"纽门苦笑。

这时,少女同伴唤她,她匆匆过去同他们说话。

到处都有芳草,少女明敏慧黠,但是,她是陌生人,从开始了解到熟稔,需要多少时间精力,纽门自问再也没有如许心力。

他微笑,李屏不一样,李屏知道他每一件事,连内衣穿什么式样都不必多说。

纽门闭上双目休息。

飞机降落,有更美丽的土著少女上前替他戴上清香扑鼻的鸡蛋花花环。

纽门到酒店安顿妥当,梳洗完毕,换套新鲜衣裳,到柜台打探:"可知道有家伊卡洛斯酒馆?"

"呵,这是很著名的好去处,"服务员取出地图,"这里,是一家旧幸运饼厂改建,隐约仍遗鸡蛋香,你会喜欢。"

纽门怔住,他原先以为是一家小酒吧,置张台子,以亲切取胜。

他步行到目的地,天气燠热,虽有海风,也出了一身汗,是紧张的缘故。

店门已开，有客人喝啤酒吃午餐。

纽门对室内装修一无所知，却也知道这是个吃装修的地方，所有桌子都用玻璃，墙壁全白，漂亮女侍应有几个穿长裤，一些穿短裙，背上都装置着小小羽翅，好不别致。

呵，这次她放大来做。

墙上挂着古董威尼斯雕花玻璃镜子，人影幢幢，晚上亮灯，想必更加幻影重重。

女侍过来招呼。

他问有什么介绍。

"羊肉馅饼，又香又嫩，配一杯黑啤酒，吃完添一客烤蜜桃冰激凌。"

"就这样，向你打探一件事。"

女侍微笑。"我下午四时下班，可是想约会？"

纽门也忍不住笑。"那敢情好，只是，我要打听的不是这个。"

女侍应仍把名片放桌子上。"那是什么？"

"我想知道，艾珊可在此上班。"

女侍一怔。"艾珊，没这个人。"

"她手臂有一条细细青蛇文身。"

"啊！活的一般，那是程小姐，她是这里的老板娘。"

"那就对了，她中文名叫程秧。"

"她坐在那边角落算账，可要代你知会她？"

"不用，我自己过去。"

"小兄弟，你不是来生事的吧？"

"我像是那种人吗？"

女侍警惕："看到门后站着的保镖否？重三百磅，空手道黑带。"

"明白。"

女侍走开。

纽门目光搜索整家餐厅酒馆。

是，远处角落坐着一个人，他到这个时候才注意到。

那是小小一个凹位，天花板镶玻璃，反映出一个穿白色乔其纱衬衫的女子，纱衫半透明，显示她美好身段，头发盘在脑后，露出精致五官。

纽门心一热。

是她，盼望这许多年，无数次在梦中见到，均像真人，这次确实面对，即又像做梦。

他气苦：太不争气，一个男人如此意乱情迷，怎么做事。

她埋头翻阅账簿，一时喝口香槟，一时沉思。

　　纽门叫的菜上桌，他当然食而不知其味，吃两匙，索性放下。

　　为什么找上门？简直画蛇添足。

　　为什么不早些来见她？她就坐角落，说不定一直在等他。

　　笑。

　　年轻英俊穿白制服的厨师走近，殷殷垂询："这位先生，食物仿佛不合你胃口，是何原因，请告诉我们，让我们求进步。"

　　纽门答："不，不，食物没问题。"

　　"我替你热一热。"

　　"我喜欢这样。"

　　厨师退下。

　　这时，她忽然抬起双眼，看到纽门。

　　由她吩咐厨子过来询问？

　　纽门手脚有点不听使唤，他轻轻站起，扶椅背借力。

　　她看见了，嘴巴张一下，又合拢，微笑。

　　她示意他过去。

　　纽门缓缓走近，他哽咽，他要叫她失望了，他胖不少，已无从前精灵，刚自长途飞机下来，头脸一定浮肿。

　　"请坐。"

他近距离在她对面坐下。

开头，他不敢凝视，她为他斟酒，他一喝而尽，渐渐香槟温柔甜美的力量叫他松弛，他伸过手握住她的手，轻吻一下。

她低声说："别来无恙？"

但是，他敏感的嘴唇告诉他，触觉不一样，为什么，她似戴着纱手套。

他抬头看她的眼，是，是同一人，但她脸庞也似罩着层肉色的纱。

怎么会，看仔细一点，呵，不是什么纱，而是她打细褶的皮肤，她整张脸都是密密皱纹，不再光洁闪亮，好似蒙着层纱。

纽门吃惊。

他松开她的手，她手背也同样打皱。

纽门忽然明白，她老了。

她却高兴，轻轻抚他脸颊。"你同从前一模一样。"看到他额前疤痕，轻叹一声，"对不起。"

真如老薛所说，他挨揍，同她有关。

"家人好吗？"

"好，都好，扣子已婚，有一个胖胖顽皮的丑儿子，九个月，会走路偷开冰箱自取糖果，把椅子推来推去，发出叫人牙龈发酸的吱咕响声。"

她笑："我也正想搬动家具，可请他帮手。"

"得付最低工资。"

"呵，纽门，我想念你。"

纽门忍不住答："我也是。"

但，是眼前这个人吗？

"对不起，我不辞而别。"

纽门不出声。

"你不打算接受我的道歉。"

纽门说："你还是十分了解我。"

"那么，我只好告诉你，是我派人打伤你。"

纽门倒抽一口冷气。

她看着门口那个站着擅空手道重三百磅的保镖。

"他下手稍微重了一点。"

纽门气愤："我差些变植物人！"

"他也很懊恼。"

"头皮脱落的是我。"

"他惩罚了自己。"

"他自赏耳光？"

"你看他左手尾指。"

纽门眼尖，立即看到尾指少了一截。

啊。

"为何叫两个男人身心受苦？"

她答得好不奇怪："像我们这种女子，能够做到的，也不过是这些。"

"什么？"

"我俩要是在一起，到了今日，也早已分手，岂不更加伤痛。"

"你太悲观。"

"我容颜已经老去，留不住你。"

纽门说不出话。

"来，陪我到露台坐坐。"

他跟在她身后，到餐馆面街朱丽叶式小露台前看风景。

游客区人来人往，近沙滩，女子穿泳衣当便服，臀围罩块纱巾，已是晚服，谁会抱怨呢，各自展示着金棕色皮肤与别致文身，看与被看。

阳光下，纽门看得更清楚，她还是美丽的她，只不过整个人松了两号，是她故意站到残忍日光之下，叫他看个仔细吧。

　　她轻轻如往日般抚摩他手背上汗毛。"听说你此刻负责大众业务，瞧，跟着舅舅，是继承人，跟着我，是巴儿狗。"

　　"人各有志。"

　　"我能那样自私吗？"

　　"你一直跟薛叔通消息。"

　　"他是好人。"

　　"这次，是他知会你，我会出现吧。"

　　"他很愉快地告诉我：'程小姐，好消息，他要来见你，可见已经忘记你，假如心中仍有萦念，他不敢见你。'你说，这老薛，是否一个明白人，他长着副玻璃心肝。"

　　纽门忍不住笑出声。

　　"你笑起来还是那样好看，像乌云忽然溅出金光。"

　　"哪里有你说的那么好。"

　　"也学会客气了。"

　　这时，一辆伟士牌机车噗噗驶近，停住，司机除下头盔，朝她招手。

　　她伏在栏杆上，衫袖搁高，纽门看到那条著名美丽的青蛇文身。此刻，它只是一个漂亮文身，翠绿色稍褪，最难过的是，它不再活转，蛇芯不再吞吐。

她转过头说:"有朋友来接我,对不起,我们有事要办。"

笑起来,依然有旧日风姿,她朝司机摆手,开心一如少女。

司机是什么人?

纽门送她到门口,司机一见她,走近,吻她脸颊。啊,那是一个少男,最多二十一岁,一头鬈发,碧绿眼珠,浑身厚厚肌肉。他低头看着她喜滋滋地笑,睫毛长长如小扇子,比起纽门年轻时不知好看多少倍。

他把一顶粉红色头盔递给她,她戴上,跨上小机车后座,噗噗离去,不忘朝纽门挥手。

纽门呆呆看着机车往另一边驶走,消失在道路中,这种年纪了,仍然爱玩耍。

可是,她所会的,也不过是这些,故此,越活越年轻。

他这才想起没有结账,不过算了,她不会计较。

这时对街来了一个小小杂技团,有人在一只大皮球上表演柔软体操。

他发现身边多了一个人,她是刚才那个女侍应。

她站他身边,轻轻问:"他们说,她年轻时还要美许多,可能吗?"

纽门轻轻点头。

她叹口气。"怪不得你们忘不了她。"

纽门微微欠身，告辞。

他回到酒店，立即订飞机票，直接到舅舅家。

在飞机上，熟睡。

仍然做梦，但性质完全不同，他做了一个全世界人类都惧怕的考试梦：辛苦整个学期，所得分数，只有六十九！怎见江东父老？

飞机抵埠，王钻派人接他乘直升机往葡萄园。

纽门看到舅舅与宝因站门口迎接。

王钻身体康复，反而年轻，宝因拥抱纽门。"想死人。"纽门立即表示要喝得奖葡萄酒。

宝因大悦，连忙唤人取出好几款，逐一让纽门品尝。

王钻取笑："他懂什么。"

纽门抗议："我有味觉。"

"对，"宝因鼓掌，"我们就是要普通人也觉得好。"

喝完这瓶又喝那瓶，用派玛火腿[1]及芝士送口。

这时忽然有两只小小金毛寻回犬自走廊摇摇晃晃走出，

---

[1] 派玛火腿：帕玛火腿。

筋骨还未硬净，一跤摔在纽门脚前，呜呜叫。

"啊，这是谁？"

"宝宝与囡囡。"

纽门连忙抱起，他已喝得醉醺醺。"囡囡回来了。"

"咚"一声摔倒在沙发上，双手还紧紧抱着小狗。

宝因低声问："怎么了？仿佛闹情绪。"

"他有什么情绪，即使不高兴，睡醒就好。"

宝因又问："他可有说哪种酒好？"

"三瓶全喝光了，你说呢？"

"有纽门在真热闹。"

"这次他来想做什么？"

"薛叔说他求婚之前要一个人好好想清楚。"

"态度成熟，我也放心，同谁结婚？"

"李屏。"

"那是纽家福气，这两年李屏简直成为管家婆，她做得好，又喜欢做。"

"这是揶揄和逃避责任吧。"

"没有的事。"他就是喜欢她天真率性，又不便讲明。

王钻双手紧紧抱住娇妻。

他手又厚又大，一只手掌已差不多有她背部那么宽，托住她，叫她安全舒适，宝因爱极他的手。还有，他的肩膀他的手臂他的腰身，她仍陶醉得脸红，那些小男生从未给她如此满足的感觉，王什么都会，全可以教她……

那边，纽门抱着小狗醉眠，另一只幼犬见有如此好去处，不甘人后，也蹒跚钻进怀抱，一人二狗大睡特睡。

傍晚，纽门还未醒转。

还是宝因心细，过去唤他，小狗跳下怀抱，一阵热气，宝因吓一跳，唤人："请医生。"

王钻一摸，纽门双手与头脸烫如火炭，两腮如红苹果。

宝因取来体温计及冰桶。"哗，一零三度[1]，不得了，睡前还好好的，发生什么事。门子，门子，你说话，别吓大家。"

纽门傻笑，转一个身，又去睡。

宝因拿冰袋敷他，又打开窗户通风——急得团团转，王钻安慰："都这么大了，不怕。"

医生乘直升机赶到，第一件事脱去纽门衣裤，她还有心情说笑："真是蛮英伟的。"大家才略为放心。

---

[1] 一零三度：此处为华氏度，约合 39.4 摄氏度。

"他从什么地方来？"

"火奴鲁鲁。"

一听不是传染病高危地区，医生放心，仔细听过心肺，吩咐放一缸温水，叫纽门浸入。

"喝多了，以后要有节制。"

"没事吧？"

"短时间从热带到温带，受了冷风，空肚狂喝，发起寒热。"

"可要入院观察？"

"医院哪里有如此多病床，服过退烧丸好好休息。"

王钻只得把医生送走。

宝因担心："医生们的习惯是病人除非掉了头颅，否则他们总说不要紧是小事。"

"这样吧，明日还不退烧，把李屏叫来。"

"对，对，我怎么没想到。"

这才记起，纽门还泡在浴缸，把他扶起，他忽然呕吐，气味恶臭。宝因喊救命，王钻不禁笑，清纯的宝因未见过醉汉。

"我来。"

他把外甥抱起，放在大毛巾上，用力擦干他身子，然后搬到床上，热度已减退不少。

宝因纳罕："什么叫他这么伤心？"

"门子伤心？"

"你还看不出来？一个男人，除非他大动脉自心脏扯脱，否则是不会有这样的哀极反应的。"

王钻道："你说得对。"

"我立刻去叫李屏。"

王钻守在纽门床边看历代吸血僵尸电影，宝因问："有何心得？""越现代越无浪漫感觉。"意见中肯。"李屏怎么说？""此刻已在飞机上。"

一醉便一天一夜，李屏在长途飞机上也十多小时。

她进门看到纽门光着身子喝白粥，头脸青肿，头发蓬松，一脸于思，李屏吁出一口气，幸好清醒。

纽门声音沙哑："你怎么来了？"他不住咳嗽，一边抹鼻涕，狼狈得不像话。

"医生说他大伤风。"

"肺部没事？"

"已取样本检验，安全。"

宝因说："这大孩子交给你了，李屏。"

李屏坐到床前，纽门把头靠在她肩上。

纽门这个小病竟拖足两个星期。

纽扣在另一头抱怨："人到什么地方去了，把女友也叫到一起在桃花源悠游，我们在这里做半死可知道，我白天上班，半夜喂幼儿——"

李屏好笑："那丑小儿那么大了，还吃消夜，可恶。"

宝因问："都说丑，究竟有多丑？"

李屏答："华人有个习俗，大人不可称赞幼儿漂亮伶俐，怕邪恶的神灵听到忌妒，故此，一定说丑，明白吗？"

"啊，知道。"

李屏把小儿最新照片给宝因看。

宝因失声："哗，这么丑，同纽氏兄弟小时一个印子，一双贼眼古灵精怪，一岁不到已看出不是好人，将来不知多少女孩要吃苦。"

"现在已有邻居小姐姐排队轮候抱他与陪他玩。"

"长得丑真占便宜。"

"可不是。"

宝因这时说："你来了帮忙收拾纽门，他不愿浸浴，不理发不刮胡须，我也怀疑他不漱口。李屏，他熏臭整间屋。"

不料李屏忽而变色，悲愤地说："你嫌他！他时运稍低染病你便嫌弃他，这样凉薄是做人之道？亏你还是舅妈，落井下石，我这就与纽门搬出去。"

宝因气结："狗咬吕洞宾，你发什么疯？"

这时他俩身后有懒洋洋的声音："那么，最好结婚，我已叫扣子一家来观礼。下午，工作人员便会布置现场，整座酒庄欢腾。"

李屏怔住："他并没有求婚。"

王钻微笑："咦，园子里坐着哪一个呆瓜，哟，是纽门，你还不过去？"

果然，纽门坐在落地长窗外石凳上，看着李屏微微笑。

李屏缓缓走出，坐到他身边。

纽门站起，一膝屈下，半跪着说："李屏，你愿意嫁我为妻否？"

他手上拿着一只拉罐啤酒的环扣，当订婚指环那样奉献。

李屏顿时落泪，小心翼翼接过环扣，珍重套上左手无名指，她回答："我愿意。"

这时宝因连忙走近，把一只正式钻戒交到纽门手中。

纽门替李屏戴上。

众人鼓掌。

王钻聘请一家著名的婚礼筹办公司服务，员工一看那对未婚夫妇，倒抽一口冷气。宝因立刻说："请让他们做回自己。"李屏急着说："不，不，我要打扮。"

大家又笑。

李屏挑一件香蒂宜蕾丝长裙，绾起头发，由宝因替她戴上头箍型钻冠。"这是我俩送你的礼物。"李屏喊："假使我的敌人此刻看着我就好了。"王钻听见微笑："你是纽家王太后，哪里还有敌人。"

那边有专人替纽门理发、按摩，整理手脚指甲，务必把他打扮成一个新郎。

李屏扁扁面孔闪着快乐亮丽的光芒，一直问："扣子与森永怎么还没到？"

宝因取笑她："纽门在身边才要紧。"

终于纽扣带着妻儿赶到，连忙上楼更衣。

客人已陆续来到。

纽键那小儿本由父亲抱着，一见新鲜地方，也不怕生，骨碌一声下地，到处探险。

新娘又急问："老薛呢？"

哈哈一声笑："新娘子还记得我。"

他身边还有一个人，咦，是公司同事小晶。

真是意外惊喜。

宝因连忙叫人多添一套礼服。

小晶忸怩："都叫我小晶，其实我都三十多岁了。"

话未说完，小小纽键已钻进新娘裙内探视，他妈连忙把他拉出，让他把玩花球。

宝因把他抱怀中。"哗，好重。"

小小人也换上礼服，这时有女孩来逗他玩耍，他极高兴，跟着走，忽然看到戴头花与蝴蝶结的宝宝与囡囡两幼犬，忙着拉它们腿，小人小狗哇哇叫。

此情此景，王钻说："八十岁难忘。"

原来还有这样良辰美景等着纽家。

王钻做主婚人，他很诙谐，这样说："纽家只剩一名单身汉，这里。"他举起纽键放肩上，"各位美女请及早排队。"

气氛自由，吃自助菜喝自助酒。

客人对龙虾大蟹牛腰肉赞不绝口，又争说汽酒美味芬芳。

宝因笑："我们特地为这次宴会酿的汽酒，两年前开始筹备。"

王钻走进书房，老薛在等他。

"有何新闻？"

老薛给他看带来的报纸。

头条这样说："楼市著名人士违例改装工厦，疑未经建筑署批准改造商务中心，全无防火设备，改装后回报倍增，半层工厦分隔成二十一套办公室出租，十间办公室无窗，厂厦九年升值六倍……"

王钻淡然放下报纸。"这与我何干？你与纽门他们不去学这种坏榜样即可。"

"老板，你不想回公司？"

王钻摇头："下周我与宝因要到钱塘江观潮，宝因说加国东部芬迪湾及钱塘是世上潮水最壮观之处。"

"雅兴——'何时同观浙江潮'。"

宝因听见，走近："谁要同往，无比欢迎。"

"我们哪里走得开。"

宝因拍手说："老薛叔一定取笑我俩反认他乡是故乡。"

是呵，闹哄哄你方唱罢我登场。

正在唏嘘，小小纽键与两只小狗一起滚进书房，推倒地球仪及画架。呵，笑，一头汗，毫无歉意。

这孩子吃下整碟巧克力，闹糖疯。

也只有他们，救赎成年人懊恼的生命。

© 本书简体字版经香港天地图书出版有限公司授权出版，如非经书面同意，不得以任何形式复制、转载。本书仅限中国大陆地区发行、销售。

© 中南博集天卷文化传媒有限公司。本书版权受法律保护。未经权利人许可，任何人不得以任何方式使用本书包括正文、插图、封面、版式等任何部分内容，违者将受到法律制裁。

图书在版编目（CIP）数据

黑、白、许多灰 /（加）亦舒著. -- 长沙：湖南文艺出版社，2022.3
ISBN 978-7-5404-9838-2

Ⅰ. ①黑… Ⅱ. ①亦… Ⅲ. ①长篇小说－加拿大－现代 Ⅳ. ① I711.45

中国版本图书馆 CIP 数据核字（2022）第 021682 号

上架建议：畅销·小说

HEI、BAI、XUDUO HUI
黑、白、许多灰

作　　者：[加]亦舒
出 版 人：曾赛丰
责任编辑：匡杨乐
监　　制：毛闽峰
策划编辑：李　颖　陈　鹏　肖雅馨
特约编辑：赵志华
营销编辑：刘　珣　焦亚楠
版权支持：王媛媛　姚珊珊
封面设计：尚燕平
版式设计：李　洁
出　　版：湖南文艺出版社
　　　　　（长沙市雨花区东二环一段 508 号　邮编：410014）
网　　址：www.hnwy.net
印　　刷：三河市兴博印务有限公司
经　　销：新华书店
开　　本：875mm×1230mm　1/32
字　　数：125 千字
印　　张：7.5
版　　次：2022 年 3 月第 1 版
印　　次：2022 年 3 月第 1 次印刷
书　　号：ISBN 978-7-5404-9838-2
定　　价：49.80 元

若有质量问题，请致电质量监督电话：010-59096394
团购电话：010-59320018